Jens Rehn

Nichts in Sicht

Mit einem Nachwort
von Ursula März

Schöffling & Co.

Diese Neuausgabe von *Nichts in Sicht*
folgt dem Text der Erstausgabe
im Hermann Luchterhand Verlag, 1954

Erste Auflage der Neuausgabe 2018

Satz: Fotosatz Amann, Memmingen
Druck & Bindung: Pustet, Regensburg
ISBN 978-3-89561-149-0

www.schoeffling.de

I

Die Dünung war vollständig eingeschlafen. Die Sonne brannte auf die reglose See. Über dem Horizont lag leichter Dunst. Das Schlauchboot trieb nur unmerklich. Der Einarmige beobachtete unablässig die Kimm. Der Andere schlief.

Es war nichts in Sicht.

WENN EIN ARM NICHT MEHR VOM KÖRPER ERNÄHRT WERDEN kann, löst sich die Haut ab. Er fängt an zu suppen und wird sülzig und farbig. Es ist ratsam, bald zu operieren. Da die großen Blutgefäße sich beim Schuß zusammengezogen haben, ist nicht mit Blutungen zu rechnen. Der zerfaserte, zackige Knochenstumpf sticht aus der Wunde heraus: ein glatter Schuß-Bruch. Es ist ziemlich einfach: mit einem Zirkularschnitt werden die restlichen Muskeln durchtrennt, dann ist der Arm schon ab. Der Stumpf wird mit der einen Hälfte des Unterhemdes verbunden. Er eitert natürlich weiter. Die Muskelreste verfärben sich ebenfalls, vorherrschend grau und grün. Die Schmerzen sind zeitweilig stark. Die Lymphdrüsen röten sich und werden groß wie Hühnereier. Rasanter Puls und Schüttelfröste, verkürzter Atem und trockene Zunge. So geht es weiter. Da ist kaum etwas zu machen.

»Gib mir noch einen Whisky, es ist sowieso bald Feierabend«, sagte er. »Und schmeiß endlich den Arm über Bord.«

»Was machen die Schmerzen?«

»Gut.«

»Zigarette?«

Der Andere warf den Arm über Bord und gab dem Einarmigen Feuer. Der Arm versackte ganz langsam und war noch eine Weile in dem klaren Wasser zu sehen. Sie beugten sich weit vor und beobachteten ihn, bis er in der Tiefe verschwunden war.

»Da geht er hin und singt nicht mehr«, sagte der Einarmige und trank den Becher leer. Ein Tropfen blieb in seinen Bartstoppeln hängen und funkelte in der Sonne. Der Zigarettenrauch stand unbewegt um ihre Gesichter. Einige Tangfäden trieben querab. Der Himmel war wolkenlos. Die Kimm zitterte vor Hitze. Die See lag wie ein Brett.

Sie tranken jeder noch einen Schluck Whisky und versuchten dann zu schlafen. Das Schlauchboot schwankte leise, wenn sie sich bewegten, um eine erträgliche Schlafstellung zu finden. Der Einarmige lag auf seiner gesunden Seite. Der Armstumpf stand kerzengerade in den Himmel. Unter den Bartstoppeln bewegten sich seine Träume, und das linke Bein zuckte manchmal.

EIN SCHLAUCHBOOT IST ETWA 2,5 M LANG UND 1,5 M BREIT. Der Mittelatlantik ist im Verhältnis hierzu so groß, daß seine genauen Maße keine Rolle spielen.

Wenn ein Schlauchboot allein im Mittelatlantik treibt, ist es gleichgültig, ob es im Frieden oder im Kriege dort driftet. Es ist auch unerheblich, welcher Nationalität zwei Menschen angehören, wenn sie allein im Mittelatlantik treiben und verdursten werden, falls man sie nicht rechtzeitig findet. Die Sonne ist uninteressiert daran, ob der Einarmige ein Amerikaner, der Andere ein Deutscher ist, und ob beide im Jahre 1943 im Mittelatlantik auf einem Schlauchboot hocken. Die Sonne strahlt nur ihre Wärmeenergie ab, steigt auf, kulminiert und versinkt wieder. Die See zeigt sich unbewegt und ohne Anteilnahme, wer auf ihr herumtreibt. Der Mittelatlantik bleibt groß, und das Schlauchboot bleibt klein. Die Grenzen verschieben sich niemals.

Der Arm liegt inzwischen auf dem Meeresgrund in ca. 2300 m Tiefe, falls ihn kein Fisch gefressen hat.

Gegen Abend wachte der Einarmige wieder auf. Der Arm schmerzte dort, wo er nicht mehr war.

Der Himmel war ein weit ausgebreiteter Kardinalsmantel. Auf der See lagen Tuschkastenfarben.

Er suchte nach der Zigarettenschachtel und konnte dann kein Streichholz anreißen: die zweite Hand fehlte. Er behielt die Zigarette zwischen den Lippen. Die Zunge lag ihm holzig und dumm im Mund. Den Anderen weckte er jedoch nicht auf. Er freute sich, daß der Andere überhaupt da war, beugte sich vor und sah ihm in das schlafende Gesicht. Nur die Stirn leuchtete. In den Höhlungen und Falten lagen violette Schatten. Die Lippen sahen borkig aus. Wie Kiefernrinde, dachte er. Oder wie die Schwarte von verbranntem Braten.

Er nahm die Zigarette aus dem Mund und fühlte auf seinen eigenen Lippen nach. Es war dasselbe. Gesprungen und borkig.

Man merkt alles immer erst, wenn man es sieht, dachte er und versuchte nochmals, das Streichholz anzuzünden. Es ging nicht. Er klemmte die Schachtel zwischen die Knie, aber seine Beine zitterten plötzlich so stark, daß die Schachtel herunterfiel. Es ging einfach nicht. Er fühlte das Papier der Zigarette aufreizend glatt zwischen seinen gesprungenen Lippen.

Er suchte den Horizont ab. Es war nichts in Sicht.

So ist das also, überlegte er. Betsy wird sich wundern, daß ich Linkshänder geworden bin. Vermutlich wird sie sich nicht wundern. Dulce et decorum est pro patria mori.

Der Andere war mit einem Ruck aufgewacht und sah ohne Verstand um sich. Sein Gesicht schlief noch so lange, bis er begriffen hatte, wo er eigentlich war.

»Gib mir mal Feuer«, sagte der Einarmige. »Ich bekomme das verdammte Streichholz nicht an.«

»Wieviel Zigaretten haben wir eigentlich noch?«

Sie zählten. Sie hatten noch 64 Zigaretten. Dazu gut eine halbe Flasche Whisky. Dann noch ein paar Riegel Schocacola und etliche Kaugummis. Das war alles. Mehr hatten sie in dem Schlauchboot nicht vorgefunden.

Der Andere gab ihm Feuer und rauchte dann auch

selbst. Der Rauch tat gut. Er atmete tief durch und wurde leicht schwindelig.

Der Himmel war langsam grün geworden. Über der Kimm lagen schwache Cumuli.

Sie tranken ihre Whisky-Abendration. Die Flüssigkeit schien gar nicht bis in den Magen zu kommen, so, als würde sie bereits von der vertrockneten Zunge aufgesaugt.

Der Armstumpf stand wieder waagerecht vom Körper ab. Der Andere wollte sagen, daß er doch endlich den Arm anlegen solle, die unnatürliche Stellung irritierte ihn. Lieber nicht, dachte er, die Menschen sind schwierig, wenn sie etwas haben. So sagte er nur:

»Was macht dein Arm?«

»Der buttert. Sie müssen uns bald finden. Wir sind bereits 36 Stunden überfällig. Unsere letzte Position haben sie. Da ist nur so ein blödes Ziehen in der linken Schulter.«

»Laß mal sehn.«

»Und ich sage dir, sie haben uns längst aufgegeben und suchen überhaupt nicht mehr!«

Der Andere untersuchte den Stumpf.

Die Wundränder hatten sich weiter in das gesunde Fleisch vorgefressen. Der Verband war voll Eiter.

Der Andere nahm die zweite Hemdhälfte und verband neu. Dann wusch er den alten Verband aus. Das Seewasser war lauwarm und umgab die Hände wie Gelée. Der Eiter hatte sich in den Stoff eingeätzt und wollte sich in dem Salzwasser nicht lösen. Der Andere wurde blaß und fühlte seinen Magen stoßen. Doch es verging wieder.

Es vergeht alles, sagte er zu sich und fühlte wieder seine Hände in dem weichen, lauen Wasser. Ihm fiel der sonderbare, ein bißchen kitschige Satz ein, den er einmal weiß-nicht-mehr-wo gelesen hatte: ... und durch die Hände rinnt das nasse, schwere Menschsein ...

DAS WAR DAMALS GEWESEN, ALS MARIA IN SEINEN HÄNDEN weinte. Einen Tag, bevor sie vom Pferd stürzte und sich das Genick brach. Aber da war es natürlich zu spät. Nun waren immer die Tränen in seinen Händen. Nasse Hände fangen leicht zu frieren an, besonders wenn das Naß von Tränen herrührt.

Zuerst war es gar nicht einfach gewesen, weiß Gott. Maria hatte es noch gut gehabt, denn da waren wenigstens noch Hände, in die sie hatte hineinweinen können. Er aber? Später? Noch nicht einmal ein Pferd war da gewesen, das so gnädig war, ihn zur rechten Zeit abzuwerfen. So, daß er sich das Genick brach und es zu Ende war.

Die Schuld hatte natürlich er gehabt. Wie leicht man dazu kommt, Schuld zu haben! Auch wenn Maria Schuld gehabt hatte, die Schuld blieb bei ihm. Das hatte der liebe Gott raffiniert eingerichtet.

Manchmal, wenn er sehr verzweifelt gewesen war, hatte er noch ihr Gesicht in seinen Händen fühlen können, dieses weiche, sanfte, weinende Etwas. Und ihren Mund auf seinen Fingerspitzen, wenn sie schluchzte.

Eigentlich hätte er doch jetzt froh sein können, jetzt da alles zu Ende ging. Nun war das Pferd daran, ihn abzuwerfen. Es hatte ihn wohl bereits abgeworfen. Er war schon nicht mehr auf dem Pferd und hatte sich noch nicht das Genick gebrochen. Der bekannte Schwebezustand.

Es war aber plötzlich gar nicht so einfach und erlösend, wie er sich das immer vorgestellt hatte. ›Erlösend‹, das klang schön. Dann schon lieber weiter mit den frierenden Händen? Im Lexikon unter dem Stichwort ›Feigheit‹ zu finden. So ist das Leben. Arme Maria. ›Arm‹, ja, das war auch so ein brauchbares Wort. Immer sieht man in Spiegel, wo man auch ist.

Und dann dieser kitschige Spruch mit dem nassen Menschsein, naja.

Dabei war er überzeugt, daß Maria sich niemals das Genick hatte brechen wollen. Aber nun war es geschehen, und er saß da mit seinen frierenden Händen.

Die beiden Männer hockten sich auf den Schmalseiten des Schlauchbootes gegenüber. Sie sahen sich als dunkle Schatten. Nur dort, wo ihre Gesichter sein mußten, war es etwas heller. Wenn sie manchmal zum Sternhimmel aufsahen, ließ das nächtliche Licht ihre Augen und Münder deutlicher werden. In der Dunkelheit wurden ihre Umrisse größer und kamen sich näher. Sie saßen unbewegt auf den dicken Gummiwülsten.

Es war angenehm kühl, und sie hatten ihre Jacken wieder angezogen. Der Einarmige hörte irgendwo zu früh auf, der fehlende Arm war deutlich zu sehen. Den leeren Jackenärmel hatte er sorgfältig in die Seitentasche gesteckt. Der

Stumpf stand aber immer noch waagerecht vom Körper ab. Als ob er einen Henkel hätte, dachte der Andere.

Der Durst hatte nachgelassen. Der Rauchgeschmack des Whiskys hing bitter im Mund, und der Alkohol summte im Blut.

Sie aßen jeder einen Riegel Schocacola. Das Geräusch der Zähne knackte von innen gegen das Ohr und war laut in dem Schweigen ringsum. Die Glut der Zigaretten warf kleine, zärtliche Lichter von unten gegen ihre Gesichter. Aber sie sagten nichts. Sie versuchten nur, so langsam zu rauchen, als es irgend ging.

Der Horizont war nicht mehr genau auszumachen. Die Nacht hatte die einzige Grenze verwischt und aufgesogen. Die See lag unbeweglich. Es war nichts in Sicht.

»Morgen müssen sie uns finden!« sagte der Einarmige. »Wenn wir die Rationen einhalten, langt es noch für zwei Tage.«

»Zwei Tage. Bis dahin hat mich der Arm aufgefressen.«

»Eins unserer U-Boote muß auch hier irgendwo in der Gegend stehen.«

»Zwei Tage sind zuviel. Ich weiß das. Achtes Semester Medizin.« Der Einarmige grinste. »Ein freundliches Ende. Ich danke!«

»Unsere Boote haben alle einen Arzt an Bord«, versuchte es der Andere.

»Wir hätten nicht angreifen sollen. Dann hättet ihr weiterfahren können.«

»Wenn und aber.«

»Ergebnis gleich 50 Mann zum Teufel. In zwei Tagen sind es 51 mit mir. C'est ça. Na, reden wir nicht davon. Wenn ich tatsächlich wieder nach Hause komme, kriege ich einen feinen Orden, ein sehr nützliches Gerät, besonders hier. Das ist etwas für Betsy. Der gleicht dann vielleicht sogar den Arm aus, vorläufig.«

»Betsy?«

»Mein Mädchen. Texasgirl. Unten in Houston. Blond wie Lana Turner.«

»Und?«

»Was: und?«

»Ich meine: und sonst?«

Der Einarmige warf den Zigarettenstummel außenbords. Er verlöschte mit einem winzigen Knall. Es klang wie ein sehr entfernter Schuß.

»Sonst nichts. Das ist das Verdammte, was ich heute und gestern gemerkt habe. Wegen des Armes, weißt du.«

»Tut mir leid«, sagte der Andere.

Sie schwiegen wieder.

Das Kreuz des Südens war aufgegangen und stand klar und schön über den niedrigen Wolken am Horizont.

HOUSTON LIEGT IM NORDAMERIKANISCHEN STAAT TEXAS am schiffbaren Fluß Buffalo-Bayou, 48 km vor seiner Mündung in die Galveston-Bay. Es existiert ein 80 km langer Schiffskanal nach dem Golf von Mexico.

Houston ist ein wichtiger Eisenbahnknotenpunkt und Zentrum des Baumwollhandels sowie der Ölindustrie. Die

Stadt ist großräumig und modern gebaut, ihr Klima sehr heiß und trocken.

Mister Benton war Besitzer etlicher Auto-Reparaturwerkstätten und wohlhabend. Er war Witwer und trank viel. Hier tranken fast alle Leute. Auch die Frauen. Das kam vom Klima. Die Weekends verbrachte er drüben in Florida, meist mit Mädchen, die nicht älter waren als seine Tochter Betsy. Er schwärmte für das Klavierkonzert von Grieg und las in den Zeitungen die Comics zuerst. In der letzten Zeit litt er an Störungen vom Magen her und schlief nicht besonders. Im großen ganzen war er verträglich und gutmütig.

Betsy hatte William auf dem College kennengelernt. Später hatten sie sich dann verlobt. Wie das so kommt. Es war sehr romantisch gewesen. William wollte jedoch erst sein Medizinstudium hinter sich haben, ehe sie heirateten. Eine altmodische Ansicht. Dabei hatte Betsy doch wirklich Geld genug.

Als sie William zum ersten Mal in der Fliegeruniform sah, war sie sehr stolz. Seit nun der Krieg angefangen hatte, schwärmte sie plötzlich vom Kinderkriegen. Aber da er sehr vorsichtig gewesen war, wurde es nichts damit. Als sie den Telefonanruf bekam, daß er vermißt sei, weinte sie und war unglücklich. Am Abend auf der Party erzählte sie es natürlich allen und weinte natürlich wiederum. Die Leute waren alle sehr rücksichtsvoll und trösteten sie.

Sie trank in ihrem Schmerz ein bißchen viel. Gegen Morgen erst fuhr sie mit Jim nach Hause. Sie fuhr sehr schnell, und Jim schlief auf dem Sitz neben ihr. Seine

Zähne leuchteten gelb in dem Frühlicht. Das irritierte sie, und so geriet der Wagen in der Kurve über den Straßenrand hinaus und überschlug sich. Jim war sofort tot. Ihr wurde im Krankenhaus das völlig zerfetzte Bein abgenommen. Als sie aus der Narkose erwachte, sagte sie nichts und unternahm einen kindischen Selbstmordversuch, der natürlich ohne Erfolg blieb. Am Abend saß ihr Vater, der sofort von Florida herübergekommen war, an ihrem Bett.

»Wenn William nun doch zurückkommt«, sagte sie und weinte unaufhörlich. »Take it easy«, sagte Mister Benton. Was sollte er auch sonst sagen.

Am nächsten Morgen hatte sich der Zustand seiner Tochter in allen Beziehungen gebessert, und er konnte das zweite Frühflugzeug nach Miami-Beach nehmen.

In der späten Morgendämmerung stand das Kreuz des Südens klar und schön über der Betonbahn des Rollfeldes.

Die Sterne schwebten in flachem Bogen gegen Morgen. Die beiden Männer schliefen nicht. Die Kühle tat ihnen wohl. Ihre Haut fühlte sich überall feucht an. Hunger hatten sie nicht. Den Kaugummi kauten sie eigentlich nur, um die Zeit hinzubringen. Sie spuckten den Kaugummi aber bald wieder aus, er strengte die Speicheldrüsen zu sehr an. Die Speicheldrüsen schwollen und schmerzten. Also lieber nicht. Den Kaugummi konnten sie aufbewahren, falls es doch länger dauern sollte und sie tatsächlich hungrig würden. Denn von der Schocacola waren nur noch fünf Riegel da.

»Morgen müssen sie uns finden!« sagte der Einarmige. »Wenn ich diesen verfluchten Arm nicht hätte, könnte ich es noch lange aushalten. Aber so? Zähl mal meinen Puls.« Der Andere zählte. Er mußte seine Armbanduhr nahe vor die Augen halten. Es war genau 5 Uhr 17. In den Fingerspitzen fühlte er das Klopfen des fremden Pulses. »Hundert«, sagte er. Er hatte 120 gezählt.

Es war nun 5 Uhr 18. Hundertzwanzig Pulsschläge waren vergangen. Einhundertundzwanzig. Bitte in Buchstaben ausfüllen, stand immer auf Schecks und Rechnungen.

Er hielt den Arm des Einarmigen noch fest und tat, als würde er noch weiterzählen. Die Haut am Handgelenk fühlte sich trocken an. Es konnte natürlich auch seine eigene Haut sein, die trocken war. Aber der Einarmige hatte Fieber. 120 Puls. Also war wohl dessen Haut trocken. Einhundertzwanzig, mehr dürfen es nicht werden, überlegte er. Aber das wird sich wohl kaum verhindern lassen. Sie müssen uns morgen unbedingt finden.

Es war nichts in Sicht.

Der Einarmige begann zu klappern. Seine Stirn war heiß. Das Fieber und der Frost gingen in sonderbaren Wellen über ihn hin. Unten an den Beinen begann das Zittern und stieg dann wie Wasser am Körper empor. Wenn die Welle an den Schultern angekommen war, bewegte und reckte sich der Armstumpf. Der Einarmige machte dann jedes Mal mit den Zähnen ein Geräusch, so, als würde die grobe Feile langsam über eine Blechkante gezogen. Aber er schrie nicht, der Einarmige.

Der Andere redete fortwährend und schnell. Er wußte nicht, was er sagen sollte und konnte, ihm fehlten die zusammenhängenden Worte. Er hatte auch keine Zeit, um sich einen besonderen Sinn seiner Worte zu überlegen. Er sah, daß es gleichgültig war, was er redete: der Einarmige konnte ihn sowieso nicht verstehen. So redete er also irgend etwas. Schnell und laut und ununterbrochen.

Als der Einarmige plötzlich aufhörte zu zittern und zusammenfiel, redete der Andere noch einen Augenblick weiter, er konnte nicht so plötzlich aufhören.

Und dann war da wieder die große Stille.

Die Sonne war aufgegangen. Sie stand bereits einen Fingerbreit über der Kimm, als der Andere sie bemerkte. Der Einarmige war bewußtlos. Aber geschrien hatte er nicht. Das soll erst einmal einer nachmachen, dachte der Andere. Alle Achtung! Und dann bekam er Angst, daß der Einarmige vielleicht tot sein könnte. Er rutschte hinüber zu ihm und horchte an der Brust. Das Herz schlug jedoch. Es schlug sogar gleichmäßig und ruhig, fast ein wenig zu langsam. Er nahm den übrigen Arm und zählte nochmals den Puls.

»Neunzig, na also.«

Die Wärme der Sonne wurde spürbarer. Sie stand jetzt schon mindestens acht Grad über dem Horizont, schätzte er. Der Himmel war völlig klar und wolkenlos. Die See dunstete schwach und spiegelte wie Quecksilber.

Die Bewußtlosigkeit des Einarmigen mußte währenddessen in Schlaf übergegangen sein; denn als er erwachte, fühlte er sich frisch und fast schmerzfrei.

»Wie war es?« fragte der Einarmige und hatte Angst.

»Wie geht es dir?« fragte der Andere dagegen und beeilte sich. »Was hältst du vom Frühstück?«

Er goß den Becher ein Drittel voll Whisky und reichte ihn hinüber. Der Einarmige brauchte etwas Zeit, bis ihm einfiel, mit der linken Hand zuzugreifen. Der Armstumpf machte vorher immer eine kleine Reflexbewegung. Der Andere kannte das aber schon und sah rechtzeitig weg.

Der leere Magen vertrug den Alkohol nicht. Der Andere erbrach sich und aß schnell einen Riegel Schokolade.

»Nimm noch einen Schluck«, sagte der Einarmige. »Und behalte ihn im Mund, dann geht es schon weg.«

Aber der Andere wollte nicht. Es dauerte noch lange, ehe der gallige Geschmack nachließ.

Sie zogen ihre Jacken wieder aus. Die Sonne brannte schräg vom Himmel, und die Hitze nahm mit jedem Herzschlag zu. Sie konnten sich vertrocknete Hautfahnen vom Körper abziehen, und es war eine Art Spiel: wenn es ihnen gelungen war, ein besonders großes, unbeschädigtes Stück abzulösen, hielten sie es gegen das Licht. Sie sahen schöne Maserungen und Muster in ihrer Haut. Früher hatten sie gar nicht gewußt, welche Linien und Figuren sie in ihrer Haut mit sich herumtrugen.

»Komisch«, sagte der Andere, »komisch, was man jetzt alles sieht und merkt!«

Der Einarmige schwieg und hatte nun keine Lust mehr zu seiner Haut.

DIE HAUT DES MENSCHEN IST DÜNNER UND GRÖSSTENTEILS schwächer behaart als die der anderen Säugetiere und schwankt, je nach Lage, erheblich an Dicke. So ist die Lederhaut am Augenlid nur etwa 0,5 mm, an der Fußsohle dagegen 2 bis 3 mm stark, das Unterhautzellgewebe am Kopf 0,6 bis 2 mm, am übrigen Körper 4 bis 9 mm, bei dicken Personen am Bauch sogar bis zu 30 mm stark. Die äußere Haut schützt den Körper vor mechanischen Verletzungen und schädlichen Einwirkungen von außen. Sie vermittelt durch die in ihr enthaltenen Sinnesorgane (Temperatursinn, Ortssinn, Tastsinn, Raumsinn) Eindrücke verschiedener Art.

Wenn ein Mensch mehr als ein Drittel seiner Hautoberfläche verliert, muß er normalerweise sterben.

In frühen, unkultivierten Zeiten wurde die menschliche Haut gern zu Schmuckgegenständen und Ähnlichem verarbeitet, und zwar so, daß sie, um ihre Geschmeidigkeit zu bewahren, den gefangenen Feinden bei lebendigem Leibe abgezogen wurde. Im Bereiche der abendländischen Kultur gibt es diese Sitte heutzutage nicht mehr.

An den Stellen, wo sie die verbrannte Haut abgezogen hatten, schimmerte es rötlich. Die neue Haut fühlte sich seidig und pergamenten an. Es war schön, mit dem Finger darüber hinzustreichen.

Ein Bie-den-Winder zog an Steuerbord langsam vorbei. Sein aufgestelltes Dreieck schillerte hellblau und lila, die Fangarme wiesen sanft gebogen in die Tiefe. Er war außerhalb ihrer Reichweite. Sonst war nichts weiter in Sicht.

»Gong zum Essen!« meinte der Einarmige, nachdem sie der Segelqualle eine Weile zugesehen hatten. »Die Sonne steht im Mittag.«

Sie aßen jeder einen Riegel Schocacola. Sie versuchten, ihren Schluck Whisky schwach mit Seewasser zu verdünnen, um die Ration zu strecken. Es schmeckte jedoch so übel, daß sie ähnliche Versuche in Zukunft lassen würden. Das Salz brannte im Mund. Der Pfefferminz-Geschmack des Kaugummis nahm das Bittere gottseidank ein wenig fort.

Sie versuchten zu schlafen, abwechselnd, um das Flugzeug nicht zu verpassen. Doch sie konnten nur schwer schlafen. Die Hitze und der Durst und der Arm ließen ihnen keine Ruhe.

Sie dösten vor sich hin. Manchmal fuhr einer von ihnen auf und blickte die Kimm ab.

Endlich waren sie eingeschlafen.

Der Einarmige träumte vom Klavierspielen und von vielen Flaschen Sodawasser, eisgekühlt.

EINE FLASCHE SODAWASSER KOSTET IN DEN VEREINIGTEN Staaten 5 Cent, in Deutschland 20 Pfennige. Der Whisky schmeckt am besten, wenn er nur einen Spritzer Soda bekommt und mit einem kleinen Eiswürfel kalt gehalten wird. Alte Herren trinken ihren Whisky am liebsten natürlich trocken. Zwischen den einzelnen Schlucken wird gerne eine Salzbrezel gegessen, um die Geschmacksnerven der Zunge wach zu halten.

Damals, als sie ihr bestandenes Physikum feierten, hatten sie den Whisky ohne Soda getrunken. Es war eine wüste Sauferei geworden, und die Mädchen erzählten die schönsten Witze aus der Anatomie.

An das Ende der Nacht konnte er sich niemals besinnen. Als er am Morgen aufgewacht war, sah er Betsy neben sich liegen, auseinandergeflossen und verquollen. Es war das erste Mal gewesen, daß er sie nicht hatte leiden mögen. Und als er im Badezimmer dann in den Spiegel sah, erschrak er vor seinem Gesicht: er sah noch schlimmer aus als Betsy. Außerdem hatte er unerträgliche Kopfschmerzen gehabt. Den ganzen Vormittag über war er zu nichts fähig gewesen und hatte nur ununterbrochen Sodawasser getrunken.

Der Einarmige schluckte, und die vertrocknete Zunge schob sich zwischen den Lippen hin und her, ohne etwas zu finden. Der Andere schlief tief und hatte der Sonne den Buckel zugekehrt. Das Gesicht hatte er fest in den Winkel zwischen Gräting und Gummiwulst gepreßt:

UND MARIA LEBTE UND ER WAR IRGENDWO MIT IHR UND SIE badeten und die Sonne war gerade aufgegangen und sie schrien im Wasser, weil es so schön war und hinterher fror sie ein bißchen und er frottierte sie ab und sie mochte das gerne und dann frühstückten sie im Garten und die Vögel sangen, mein Gott, sie sangen, und das gesprenkelte Huhn pickte aus Marias Hand und die Marmelade funkelte rubinrot in der Sonne und es war alles unglaublich und wunderbar und er atmete tief und sah Maria immerzu an und sie tat, als bemerke sie es nicht, und ein Jahr später war sie tot.

Sie tranken ihren Abendschluck und rauchten die gekippte Zigarette vom Mittag auf. Sie rauchten, bis sie sich die Lippen verbrannten. Sie hatten nicht mehr viele Zigaretten.

Die Sonne war ein riesiger, roter Ball und bereits halb im Wasser verschwunden. Es sah so aus, als sei Feuchtigkeit in der Luft.

Voraus sprang ein Schwarm fliegender Fische. Das plötzliche Klatschen war ein kleiner Schreck. Wenig später sahen sie auch die Delphine, die hinter den Fischen her waren. Ihre Bäuche leuchteten rosa in der Sonne, wenn sie sich schnaufend wälzten. Sonst aber war nichts in Sicht.

»Wenn man etwas von Medizin weiß, weiß man zuviel«, sagte der Einarmige. Er saß an Deck und hatte sich an die Gummiwulst gelehnt. Er griff mit seiner einen Hand in das Wasser, hob es auf und sah dem Abtropfen zu. Es strengte ihn jedoch an, und er ließ es wieder sein.

»Morgen kommen sie«, sagte der Andere. Ihm fiel auf, daß der Armstumpf nicht mehr genau waagerecht abstand; er hing ein wenig, aber nicht viel.

»Sieh mal nach!« Der Einarmige setzte sich aufrechter hin. »Das klebt so.«

Der Andere wickelte den Verband auf. Der Stumpf sah nicht gut aus und stank. Das Faule hatte sich bis in die Achselhöhle vorgeschoben. Morgen war wirklich der allerletzte Tag.

Der Einarmige sah sich seinen Armrest genau an.

»Gib mir mal lieber eine Zigarette«, sagte er.

Als der Andere ihn mit der ausgewaschenen Hemdhälfte neu verband, schrie er einmal leise auf: der Andere war gegen den Knochenstumpf gekommen, innen, und die Erschütterung war durch alle anderen Knochen im Körper durchgegangen. Und die waren auch nicht mehr in Ordnung, das fühlte er deutlich.

»Da ist nichts mehr zu machen«, sagte er. »Wenn es wenigstens ein Unterarmschuß gewesen wäre, dann hätte ich noch Reserve im Oberarm. Aber so? Klassischer Fall. Exitus, Herr Professor!«

Er war wieder etwas tiefer gerutscht. Der Andere steckte den Verband mit der Sicherheitsnadel fest.

»Ich glaube, das Fieber kommt wieder«, sagte der Einarmige und zitterte schon in den Augenwinkeln. »Zähl noch mal den Puls.«

Der Andere zählte. Er hatte das Pochen sofort gefunden.

»Und schlage zu, wenn ich Unsinn mache!« sagte der Einarmige und klapperte stärker.

Der Andere hatte sich verzählt und fing wieder von vorn an. »Hundertundsieben«, sagte er nach einer Minute. Aber es waren 127 gewesen.

»Bei wieviel wird es kritisch?« fragte er ihn.

»Ab hundertdreißig.« Der Einarmige hielt sich mit seiner Hand fest.

Der Andere feuchtete den ausgewaschenen Verband an und legte ihn dem Einarmigen auf die Stirn. Die Wellenbewegungen hatten wieder eingesetzt. Der Armstumpf beschrieb kleine, konische Kreise.

Die Sonne war inzwischen unter dem Horizont verschwunden. Der Himmel hatte sich in eine gewaltige, rote Tomate verwandelt. An der Kimm dunkelte es und war messerscharf abgeschnitten.

Es wäre besser für ihn, wenn er bald stirbt, sagte sich der Andere. Er quält sich, und ich drehe durch dabei.

Der Andere wußte nicht, was er tun könnte. So tat er nichts, wartete nur und beobachtete den Einarmigen. Er erneuerte den Umschlag von Zeit zu Zeit. Aber es half wohl nicht viel. Der Einarmige atmete stoßweise und redete unverständliche Worte. Er redete so schnell, daß es wie die kurzen Feuerstöße eines Maschinengewehres klang. Sein Gesicht war vollständig unter den Bartstoppeln verschwunden. Nur die Nase stach spitz aus dem Eingesunkenen heraus. Die Augen hielt er geschlossen.

»Was er wohl sieht?« fragte sich der Andere und erinnerte sich an den Horizont. Er nahm schnell einen Rundblick.

Das Schlauchboot schaukelte leise unter den Bewegungen des Einarmigen. Unter dem Boden lutschte das Wasser wie ein Austern verzehrender Gourmand.

Der Einarmige preßte die Kiefer zusammen, und der

Andere konnte nirgendwo hin vor dem brechenden Geräusch. Dann wieder sank der Unterkiefer kraftlos nach unten und wackelte. Der offene Mund war größer als sonst.

Der Andere gab ihm das lose Ende eines dicken Tampens in den Mund, als die Kiefer wieder zuschnappen wollten. Das Beißen tat dem Einarmigen wohl, und er schnaubte erleichtert durch die Nase.

Endlich trat eine Pause ein, und sie entspannten sich.

»Fein, was?« sagte der Einarmige und konnte wieder denken. Der Andere gab ihm die Hälfte der Zigarette.

Sie warteten, daß es weitergehen sollte. Doch es ging nicht weiter.

Ihre ausgeglühten Körper begannen zu frieren, es war schnell Nacht geworden. Eine kaum merkbare Brise wehte aus Nordwest und nahm den Eitergeruch fort.

Sie legten sich nebeneinander, der Andere an die gesunde Seite des Einarmigen.

Sie sahen in den Himmel. Der Mars stand genau rechtvoraus und funkelte rot. Der Einarmige suchte die Venus, konnte sie jedoch nicht entdecken.

DER STERNHIMMEL AN DER DECKE DER BAR WAR DIE EINZIGE Attraktion. Obwohl es weißgott eine vornehme Bar war. Vor einer Stunde waren sie von der Fernaufklärung Atlantik zurückgekommen und bei der Landung beinahe noch auf die Schnauze gefallen. Bobby war tot, und das U-Boot hatten sie doch nicht mehr erwischt, so eine Sauerei. Nun feierten sie sozusagen Geburtstag und faßten die Bardamen an.

Natürlich war dies eine vornehme Bar. Die Leute, die hier herumsaßen, hatten alle viel zu viel Geld. Er war mit den Jungs direkt vom Flugplatz hierhergefahren, der tote Bobby saß ihnen in den Knochen. Als die Flak des U-Boots sie gefaßt hatte und durch die Maschine säbelte, hatte Bobby plötzlich keinen Hinterkopf mehr gehabt. Das sah nicht schön aus. Und so soffen sie also. Unter dem Sternhimmel der Bar. Die guten Bürger mit dem vielen Geld klopften ihnen auf die Schultern und gaben einen Drink aus für ihre flotten Helden. Und die kleinen Huris von Babylon boten sich nur so an. Was willst du mehr?

Später hatten sie Krach bekommen mit einem dicken Heringsbändiger en-gros. Der Kerl hatte eine Stimme wie das Fettauge auf der Suppe, rund und weich und ölig. Fridolin hatte den Mann kurz und schmerzvoll zusammengeschlagen, und sie konnten sich noch rechtzeitig verdrücken, ehe die Militärpolizei kam.

Draußen hatte es inzwischen angefangen zu regnen, und die Sterne waren verschwunden. Ein dicker Sack war der Himmel. Zum Teufel, und wo gehen wir nun hin? Er hatte nicht einmal mehr Lust gehabt, an Betsy zu schreiben.

»Es ist doch sonderbar«, sagte der Einarmige, »wenn man weiß, jetzt ist bald Schluß. Du hast wenigstens noch eine Chance. Das nehme ich dir natürlich nicht übel!«

»Was sind schon ein paar Tage!« Der Andere tastete nach den Zigaretten.

»Man weiß immer erst etwas, wenn man keine Zeit mehr hat. Dabei habe ich keine Angst, wirklich nicht!«

Das Streichholz flammte auf, und das Feuer paßte nicht zum Licht der Sterne. Der Andere machte es schnell wieder aus. »Ich möchte eigentlich mal wissen, warum ich Medizin studiert habe und unbedingt Arzt werden wollte. Ich kann es mir einfach nicht mehr vorstellen.«

»Tja«, sagte der Andere und wunderte sich nicht.

»Das mit dem ›Helfer der Menschheit‹ ist natürlich Quatsch. Du reparierst ja auch kein Auto mehr, wenn es die Reparatur nicht mehr lohnt. Und die meisten lohnen nicht mehr.«

Pause.

»Paar Chirurgen und Zahnklempner genügten vielleicht. Am besten ist es immer, wenn man seinen Wagen vernünftig pflegt. Und sich von vornherein eine anständige Marke kauft.«

»Meiner steht zu Hause, aufgebockt. Kein Benzin.«

»Ich weiß es aber immer noch nicht.« Der Einarmige dachte nach. »Vielleicht lohnt es auch gar nicht, daß ich es noch zu wissen bekomme. Vielleicht ist es gerade genug, daß man das Falsche getan hat und es später überhaupt merkt. Wie mit Betsy zum Beispiel.«

»Vielleicht ist Betsy auch anders, wenn sie keine Zeit mehr hat«, sagte der Andere und wußte bereits, was der Einarmige antworten würde.

»Die Menschen haben immer zu viel Zeit. Und Betsy ist … na, du kannst dir denken, was sie ist. Eine von der ganz gefährlichen Sorte.«

Sie schwiegen.

»Mensch!« sagte der Einarmige plötzlich aufgeregt. »Stell dir vor: ich hätte noch dreißig Jahre gelebt und hätte sie geheiratet und hätte das alles nicht gewußt und wäre Arzt geworden oder sonst irgend etwas, ist ja alles egal und dasselbe!«

»Nun laß schon die Ärzte«, sagte der Andere.

»Aber es gibt kein besseres Beispiel.« Der Einarmige lachte böse. »Die vereinigen alles in sich. Ich kenne sie, weißgott. Mache mal zehn Ärzte betrunken, und höre dir an, was sie über ihre Patienten sagen!«

»Alle?«

»Ganz gewiß. Ich bin Fachmann, und es fällt mir alles wieder ein. Natürlich nicht alle. *Die* ausgenommen.«

Der Andere wollte ihn davon abbringen. Aber es ging nicht. »Stell dir das doch nur einmal vor!« redete der Einarmige weiter und begann schon ein klein wenig zu sterben, ohne es zu wissen: »Stell dir das mal vor: ich und Frau Betsy und Auto und zwei klein Kindlein zart und Sonntagnachmittag und erfolgreicher Beruf und fein viel Geld! Jeden Tag lügt man sich die Hucke voll und denkt, es ist alles okay!«

Sie schwiegen und steckten sich jeder eine ganze Zigarette an. Der Andere zählte:

»Sechsunddreißig haben wir noch.«

Der Einarmige antwortete nicht und rauchte nur. Er dachte lange nach.

»Hast du auch so 'ne Betsy?«

»Da waren viele Betsys«, sagte der Andere. »Aber die

zählen nicht. Die andere, die zählt, war Maria. Sie ist tot.«

»Siehst du!« Der Einarmige war zufrieden, daß er recht hatte. »Das ist es. Das muß so sein. Wenn eine Chance überhaupt einmal da ist, dann stirbt sie so rechtzeitig, daß es zu nichts kommt oder doch nur zur Hälfte.«

»Muß nicht«, sagte der Andere.

»Doch. Todsicher.«

Sie sahen einen Schwarm Sternschnuppen durch den Himmel wischen. Weit entfernt stöhnte ein Delphin einmal und nicht wieder, sie warteten vergebens. Das Schlauchboot hatte sich gedreht, und der Mars war nun hinter ihnen, sie konnten ihn nicht mehr sehen. Jetzt stand der Orion mit einem Fuß auf der Kimm.

»Schmerzen?«

»Nein«, log der Einarmige.

Der Andere hatte Hunger, und der Kaugummi half. Es war kühl.

UND IHM FIEL DER HERBSTMITTAG EIN. ER HATTE MARIA abholen wollen, doch sie konnte nicht weg, der Chef ließ sie nicht gehen. Er war durch den Hafen gebummelt und hatte Lust zu nichts. Auf dem Bollwerk sah er den Anglern zu, die an den Dalben lehnten und schwermütig auf ihre schwimmenden Korken starrten. Es roch nach Horizont und Weite und Sehnsucht.

In der Hafenecke lag ein großer Wohnkahn, ›Zum fliegenden Holländer‹ hieß das Ding und war ein Schiffsrestaurant. Er hatte Hunger und bestellte sich Scholle, gebraten. Durch das Bulley konnte er auf das Wasser sehen.

Während er das elfenbeinfarbene Fleisch von den Gräten abhob, betrachtete er seinen Teller: wie gut das aussah! Das sahnige, wohlgenährte Gelb des Kartoffelsalates und das ganz andere, südliche Gelb der Zitronenschale; das saftige Grün der Petersilie leuchtete unverschämt und lachte mit seinem gekräuselten Gartenduft; das Rostbraunrot und Olivengrün der Fischhaut mit den genauen, roten Pünktchen, an den Rändern vom Pfannenbraun schön krosch gebraten; wie weich und seidig das Fleisch darunter lag, glänzend vor Feuchte, mürbe und doch in sich fest, wohlgeordnet: es schmeckte, hilf Himmel, es zerging im Mund!

Er aß alles restlos auf, trank einen Kaffee hinterher und leistete sich einen exquisiten Cognac dazu.

Der Einarmige war still gewesen, als hätte er zugehört. Er schnaufte.

»Schmerzen?« fragte der Andere nochmals.

»Es geht.« Und nach einer Pause: »Diese Kaninchenwelt!« Die Stimme des Einarmigen hob sich. »Diese Kaninchenwelt, sie schläft mit offenen Augen! Ich meine auch die anderen, nicht nur meine werten Berufskollegen. Diese Verdauungsriesen. Verdauung ist alles, gute Verdauung. Daß die Drüsen funktionieren!«

Der Einarmige sprach zusammenhanglos, wie es schien. Doch der Gegenstand riß den Anderen hin, er zuckte:

»Und die Brieftasche!« rief er.

»Die ist Drüse Nummer eins!« Der Einarmige wurde wieder aufgeregt. »Genehmigt! Drüse Nummer zwei ist vier Handbreit unterm Herzen.«

»Nun ist's gut, laß.«

»Deine Maria, die große Ausnahme, etwa?«

»Laß es sein.«

»Maria ist tot. Na schön. Finis amatae. Die Gemeinde erhebt sich zum Gebet.«

»Maria ist nicht tot«, sagte der Andere deutlich. »Man kann sterben, ohne tot zu sein.«

»Eine Brücke, eine Brücke!« rief der Einarmige und sah dem Anderen genau in die Augen.

»Und nicht nur Maria. Es gibt auch andere. Man braucht sie nicht immer zu kennen. Manchmal hängt es von einem selber ab, ob man die paar anderen kennt.«

»Danke«, sagte der Einarmige. »Danke, ich verstehe.«

»Nein«, sagte der Andere schnell. »Nicht so. Anders. Auch ich habe früher eine Menge nicht gewußt.«

»Entschuldige«, sagte der Einarmige. »Du mußt verstehen, daß ich jetzt manchmal gerne böse bin. Das ist eine Art Therapie. Ein Schnitt wie an meinem Arm. Glaubst du übrigens, daß ich gerne sterbe?«

»Ja«, sagte der Andere. Es blieb ihm nichts weiter übrig. »Das ist gut.« Der Einarmige war still geworden. »Ich sterbe natürlich nicht gerne. Und auch du nicht.«

Sie schwiegen wieder eine lange Zeit. Sie rauchten jeder noch eine ganze Zigarette. Es kam jetzt nicht mehr darauf an, wie viele Zigaretten sie hatten, wie sie sie einteilten, und ob sie noch welche übrigbehalten würden.

»Trotzdem hätte es noch gut und schön werden können!« begann der Einarmige wieder. »Wenn nur dieser elende Arm nicht wäre. Der hat mir einfach die Chance weggenommen.« Er lachte wieder. »Eine wundervolle Unterhaltung, was? Zwei Mann in einem Boot. Eisschrank-Mensch und Denker-plus-Dichter-Enkel. Kleine niedliche Problemchen. Wir haben ja nichts Besseres zu tun. Prima! Time is money. Per aspera ad astra. Gib ihm Saures!«

Der Andere spürte, wie sich der Armstumpf auf der anderen Seite bewegte.

»Zwei Mann in einem Boot. Genau das! Und nun rede keinen Blödsinn.«

»Ich entschuldige mich immerzu bei dir«, sagte der Einarmige. »In so einer Lage bin ich noch nie gewesen!«

»Wir reden ja nicht nur. Oder?«

Der Einarmige schüttelte sich wieder, und der Andere wurde alarmiert. Kam das Fieber wieder?

»Aufgemerkt!« sagte der Einarmige und setzte sich senkrecht auf. »Aufgemerkt! Ich rede jetzt Schriftsprache! Wir sind sehr vornehm, französisch und modern und fäkalisch: es ist alles ›La Merde‹! Ohne Punkte für Jungfrauen und Aestheten. Sondern ausgeschrieben. Was sagst du dazu?«

Der Andere setzte sich ebenfalls auf.

Sie rauchten noch eine Zigarette. Der Schüttelfrost

und das Fieber begannen sich zu bewegen. Sie tranken jeder einen Schluck Whisky. Der Schnaps rann als feiner Feuerstrahl in den Magen. Er ging sofort in das Blut über, und auf die Augen legte sich ein schwacher Druck.

»Was ist das schon?« Der Andere sprach schnell, um den Einarmigen abzulenken. »Ich habe dich nicht absaufen lassen, als du im Wasser lagst. Also! Pünktchen mit oder ohne Jungfrauen ist ganz etwas anderes!«

»Fehlt nur noch, daß wir nach dem ›Sinn‹ fragen!« sagte der Einarmige und zitterte stärker. »Diese verfluchte, alberne Backfisch-Frage nach dem Sinn; Schwachsinn, elender!«

Das Zittern nahm zu.

»Also bitte, also doch ohne Pünktchen. Und nun paß auf, es geht wieder los. Gib das Tau her!«

Er klemmte sich mit den Beinen unter der Gräting fest und nahm ein Manntau straff in die Beuge seines Armes. Dann hatte er keine Zeit mehr, um genau nachzufühlen, was mit ihm geschah. Die rote Welle erhob sich und rannte gegen ihn an. Und stieg an und in ihm empor. Ihr Brennpunkt sammelte sich über dem Armstumpf in Schulter und Brust. Das Feuer tastete nach seinem Herzen.

Der Andere begann ebenfalls zu zittern. Er hielt die Beine unter der Gräting fest. Der Zigarettenstummel klebte ihm an der Oberlippe.

Bis es den Einarmigen über die Grenze spülte. Er schrie. Laut und langgezogen. Der Schrei hob sich vom Schlauchboot ab, über die See hin und blieb ringsum auf der Wasserfläche kleben.

Der Andere schwitzte und tropfte. Die Feuchtigkeit lief ab und vermischte sich in den Bartstoppeln. Sein Gesicht fror. Dieses Gefühl kannte er.

Der Einarmige tobte zwischen dem, was von ihm festgehalten wurde. Er zerbiß das Tau. Der Andere zählte den Puls. Hundertfünfunddreißig, zählte er. Aber er war nicht sicher, ob es stimmte, da der Einarmige so um sich schlug.

Endlich ließ es nach. Der Einarmige war umgekippt, als hätte ihn jemand abgebrochen. Sein Gesicht war ohne Bewußtsein und schimmerte krank und weiß unter dem Bart. Der Andere zerrte den Zigarettenstummel von der Lippe, und es tat weh. Das Papier war an der Haut festgetrocknet. Er leckte über die wunde Stelle und wunderte sich, daß seine Zunge naß war. Vorher war sie immer trokken gewesen.

Mit oder ohne Pünktchen, dachte er erbittert, und es war niemand da, den er hätte umbringen können. Mit oder ohne Pünktchen: La Merde. Nicht nur dies hier allein, noch ganz etwas anderes. Und viel mehr noch. Die Substanz, mein Lieber. Du weißt immer erst etwas, wenn du keine Zeit mehr hast. Die Seele ist zu Bruch gegangen. Die niedliche Seele der Menschheit. Schon seit langem. Das ist es. Genau das. Und wenn einmal irgendwo etwas übriggeblieben ist, tatsächlich, dann wird dieser Rest auch immer weniger.

»La Merde!« schrie er.

Aber es war nichts in Sicht.

Erschöpft setzte er sich. Er hätte weinen mögen, aber er konnte nicht.

Er wußte, daß alles gar nicht wahr war. Und daß der Einarmige zwei Arme hatte. Ein irrer Traum. Auch Betsy hatte eine Stelle, wo man ausruhen konnte trotzdem. Die Ärzte interessierten nicht, und warum war Maria nicht hier? Nun war er allein und sein Gesicht fror. War es nicht an den Händen genug gewesen? Niemand war da, und der Einarmige konnte auch nichts dafür, der hatte seinen Schmerz im Arm und würde daran sterben, bald.

Der Andere stand auf. Er sah den Orion genau vor sich. Er konnte die Arme nicht heben und nur an den Einarmigen denken, und in den Ohren schrie es noch.

Er blickte noch höher, als die Sterne standen, und sagte leise und gefährlich:

»Du – «, sagte er. »Du da oben! Wenn ich dich zu fassen kriege!«

GOTT (ABSTRAKT: GOTTHEIT) IST DER PERSONIFIZIERTE Inbegriff des Heiligen, philosophisch das höchste Wesen. Das Werden der Gottesvorstellung führt auf mehrere Wurzeln innerhalb der primitiven Religionen zurück. Das Wesen Gottes kann nur durch Bezugnahme auf die Welt im weitesten Sinne bestimmt werden. Betont man seinen Gegensatz gegen alles Bekannte, so gelangt man durch Verneinung (via negationis) zu ›Eigenschaften‹ Gottes, die zuletzt leere Abstraktion werden. Steigert man vertraute

Wesenszüge ins Absolute (via eminentiae), so kommt man über eine Bildersprache nicht hinaus, deren Recht und Begrenzung Gegenstand dogmatischer Arbeit ist.

Die Wahrheit der Gottesvorstellung hat man seit dem 2. Jahrhundert post Christum durch Beweise für das Dasein Gottes zu erhärten versucht.

Jetzt spricht man lieber von einer gesetzmäßigen Wechselwirkung aller endlichen Ursachen, darin die einheitliche Grundursache zur Erscheinung kommt. Der teleologische Beweis wird so geführt, daß man aus mancherlei Symptomen von Anordnung, Absicht und Zweck auf einen vernünftigen Welturheber schließt. Dieser Beweis wurde in mannigfachen Varianten und Weiterentwicklungen bis heute geführt. Nach derzeitiger Ansicht kommt auch heute noch den Gottesbeweisen eine doppelte Bedeutung zu: einmal die einer denkenden Nachzeichnung des Weges, auf dem die Gottesvorstellung klar in das Bewußtsein tritt, sodann die einer Rechtfertigung des Gottesglaubens, und damit der Religion, vor dem intellektuellen Gewissen.

Der Andere schwieg, und Der-da-oben antwortete nicht.

Der Andere blickte wieder etwas tiefer auf den Orion, und der war unverändert, und auch der Einarmige lag unverändert. Die Nacht war dunkelblau, die See unbeweglich.

Der Andere steckte sich eine Zigarette an. Der kleine Feuerpunkt nahm etwas von dem Alleinsein fort.

Als die Morgendämmerung einsetzte, erwachte der Einarmige. Er war schwach und sehr erschöpft. Der Andere gab ihm einen Schluck Whisky und hielt ihm die Zigarette.

Der obere Rand der Sonne brach durch die Kimm, und der Einarmige erhob sich. Er stand ohne Hilfe auf. Der Andere wußte, daß der Einarmige alleine stehen mußte.

Das Feuer der Sonne wuchs schnell aus dem Horizont. Der Einarmige hatte seinen gesunden und den Rest des anderen Armes aufgehoben. Er stand schwarz gegen den gelben und roten Himmel gelehnt und sang seine große Kantate vom Schmerz.

Noch ehe der Gesang zu Ende war, starb er. Er starb schnell und noch im Stehen.

Als er lag, war er schon lange tot.

2

Der Einarmige war tot. Einwandfrei tot. Sein Herz schlug nicht mehr. Der Puls hatte aufgehört. Es kam nun nicht mehr darauf an, ob er 120, 130 oder 146 zählte. Pulsschläge waren belanglos geworden. Was war schon eine Zahl? Wenn nichts da war, um gezählt zu werden? Einfach nur so hinzählen, ohne daß eine Substanz vorhanden war?

Der Andere dachte nach und wußte noch gar nicht, was vor ihm liegen könnte. Aber er fühlte, daß sich etwas vorbereitete. Der Tote lag da, und der Tag dämmerte herauf; der Tote lag da, und die Temperatur war noch angenehm.

Der Einarmige war gestorben. Er hatte sterben müssen, früher oder später. Wegen seines Armes. Der Andere aber war gesund, kein Schuß und keine Wunde. Nur ein bißchen Durst. Was war das schon gegen den Einarmigen? Nichts. Alles in Ordnung. Also bitte! Irgendwann würden die Flugzeuge kommen oder vielleicht auch ein U-Boot.

Die Sonne stieg aus der Kimm, und es war nichts in Sicht.

Der Tote lag in der Gegenüber-Ecke des Schlauchbootes. Seine Beine waren seltsam unnatürlich in dieser Lage. Er hätte seine Beine anders hinlegen sollen, bevor er starb, überlegte der Andere. Doch es war wohl zu schnell gegangen, er hatte keine Zeit mehr gehabt.

Er ist tot, sagte er sich. Er lebt nicht mehr, er ist gar nicht mehr. Hier liegt nur noch die Hülle, der Rest, leer wie eine Schachtel. Schade. Ich mochte ihn gern. Ich hätte ihn früher treffen sollen, ein paar Jahre vor diesem Floß. Und nun? Hat er es nun besser oder geht es mir besser?

Er schob die Beine des Toten in eine andere Lage. So, jetzt war der Anblick erträglicher.

»Die Toten wollen immer etwas von den Lebenden«, sagte er vor sich hin. »Wenn sie nicht mehr sind, was sie waren, dann macht sich ihr Rest selbständig und wird aggressiv. Nicht nur der Einarmige hier, auch die anderen. Auch, wenn sie schon unter der Erde sind. Oder unter dem Wasser.«

Er dachte lange Zeit nach über das, was er gesagt hatte und wiederholte es dann. Hier war schwierig durchzukommen. Aber die Tatsache blieb, sie griffen an. Ja, sie belästigten einen sogar manchmal. Wie die Beine eben. Oder wie Maria früher. Und immer noch. Sie geben keine Ruhe. Vielleicht ist das eine Art Rache der Gestorbenen? Und was wird der Einarmige noch tun?

Doch der Einarmige kümmerte sich nicht um die Gedanken des Anderen. Er lag still und fast freundlich auf der anderen Seite des Schlauchbootes und war nur tot. Weiter nichts. Es genügte ihm, einfach so da vorne zu liegen.

»Vorne«, sagte der Andere. »Mein Gott, wo ist hier denn vorne?« War er selbst vorne oder war der Tote vorne? Wer war auf welcher Seite? Wo trieben sie überhaupt hin? Wie setzte die Strömung? Voraus?

Der Andere konnte kein Vorne feststellen. Ihm schien aber, daß der Einarmige vorne lag.

Es war noch früher Morgen und der Himmel klar und ohne Wolken. Das Wasser rauchte wie an jedem Morgen bisher. Die Sonne stieg langsam und unaufhaltsam aufwärts, und der Einarmige war tot, und der Andere wußte es im Grunde noch gar nicht richtig. Und der Einarmige vielleicht auch noch nicht? Was man so denkt, dachte der Andere. Wer weiß denn überhaupt etwas?

Der Andere trank seinen Morgenschluck mehr aus Gewohnheit und weniger wegen seines Durstes. Er hatte keinen Durst. Der Tote war noch frisch, und der Andere hatte merkwürdigerweise keinen Durst. Das kam sicherlich von der kühlen Nacht.

Der Einarmige hatte seinen Armstumpf endlich angelegt. Er stand nicht mehr ab. Das hatte der Andere sich in den letzten Tagen immer gewünscht, aber natürlich nicht, daß der Einarm dann tot sein sollte. Der Einarmige hatte den Stumpf erst angelegt, nachdem er gestorben war. Trotzdem beruhigte es den Anderen, obwohl er wußte, daß es zu spät war.

Er sah den Toten an und erinnerte sich an ihn. So, wie man sich gewöhnlich an die Toten erinnert. Was er gesagt hatte. Die Bewegungen. Gestern noch. Das Fieber, und wie er ihn hatte festhalten müssen. Die schönen Nächte und das gemeinsame Trinken und die Zigaretten. Gestern noch, dachte er, wie schnell vergeht das Gestern!

Die Sonne stieg schnell aufwärts.

Der Andere wartete. Der Einarmige blieb tot. Es geschah nichts. Ihm war, als ob etwas geschehen müßte: er sah weg von dem Toten und dann ganz schnell wieder hin. Aber es veränderte sich nichts.

Die Sonne hatte ihren Mittag erreicht und der Einarmige ebenfalls. Die Sonne begann zu fallen, der Einarmige jedoch wuchs weiter. Es war kein Ende abzusehen.

Der Andere trank einen halben Schluck von seiner Mittagsration. Mit den Zigaretten war er wieder sparsamer geworden. Er überlegte, ob er einen Kaugummi verbrauchen sollte.

»Lieber nicht«, sagte er. »Es kann noch lange dauern.«

Er fühlte seine Zähne mit der Zunge ab. Das war ein sonderbares, taubes Gefühl, so, als sei alles nur halb da, Zunge und Zähne. Die Backenzähne, ganz hinten, kamen ihm ungeheuer groß und zerklüftet vor.

Er trank den Rest seiner Portion aus. Er mußte sich Mühe geben, um nicht noch mehr zu trinken. Der Durst unter dieser Feuersonne war wie ein Trichter auf die Flasche hin. Er hätte es gern vermieden, überhaupt zu trinken. Denn der Einarmige trank ja auch nicht. Gestern noch hatte er getrunken. Sie hatten niemals allein getrunken, immer nur zusammen. Er wußte genau: der Einarmige war tot. Doch als er allein trank, hatte er ein schlechtes Gewissen.

Dem Einarmigen war plötzlich die Unterlippe hinuntergerutscht. Der Andere hatte nicht gesehen, wie sie hinuntergefallen war. Als er gerade mit dem Trinken fertig war und wieder hinsah, war die Unterlippe unten. Es sah aus, als grinse der Einarmige.

»Na«, sagte der Andere laut zu ihm und rutschte hinüber. »Entschuldige bitte«, sagte er und versuchte, ihm die Unterlippe wieder heraufzuziehen. Aber sie wollte nicht über den Zähnen bleiben und fiel immer wieder hinunter.

Der Andere hatte Angst bekommen. Denn als seine Hand das Gesicht des Toten berührt hatte, war es sehr kalt gewesen. So kalt, wie es unter dieser Sonne niemals hätte sein dürfen. Er fühlte an den Beinen und am Arm nach. Sie waren ebenfalls kalt. Er hielt ihm seine heiße Hand auf die Stirn. Es nützte jedoch nichts, die Stirn blieb kalt. Er fühlte deutlich, daß die Stirn nicht nur oberflächlich kalt war. Die Kälte hatte einen tiefen Eiskern, der heraufkam und sie immer kälter machte.

Der Andere nahm seine Hand schnell wieder weg und setzte sich zurück auf seinen Platz. Langsam und eingehend suchte er den Horizont ab. Es war jedoch nichts auszumachen.

Er versuchte lange Zeit, den Toten nicht anzusehen. Es strengte an, nicht hinzusehen. Weil so wenig da war, wohin man überhaupt sehen konnte.

Der Einarmige wurde ihm immer fremder. Er wußte nicht, weswegen. Denn er veränderte sich doch nicht. Er war jetzt nicht mehr der Einarmige von gestern. Jetzt war er bereits ein Toter.

Als er endlich wieder einmal hinsah, bekam er einen Schreck, denn nun lachte der Tote ihn vollends an. Der

Andere kniff die Augen zusammen, um besser sehen zu können, so, als wäre der Tote sehr weit weg. Doch das Lachen blieb. Die Oberlippe hatte sich unter der Sonne gestrafft und spannte hoch, die Unterlippe war sowieso unten: so bleekten die Zähne, und der Mund lachte.

Dem Anderen schwamm das Denken davon, und sein Herz schlug heftig. Der Tote fing an, etwas zu tun. Er bewegte sich. Da war etwas hinter dem Toten, was sich für ihn und durch ihn bewegte. Jemand zog an den Schnüren der Puppe.

Seine Gedanken beschleunigten sich.

Dieser Kerl, dieser Mann ohne Arm, und welche Rolle spielte der Arm? Keine! Und liegen die Beine nicht auch wieder anders? Das sieht aus wie ein Totenschädel, ohne Fleisch. Natürlich ist da noch Fleisch, aber das Lachen macht den Kopf dazu, und aus dem Stumpf ragt der Knochen. Im Naturkundeunterricht, oder war es Biologie, verflucht noch mal, in Untersekunda hatten sie das Skelett des Menschen durchgenommen, und es war ein echtes Skelett gewesen, von einem hingerichteten Raubmörder vermutlich, aber den Lehrer hatte es nicht gestört.

DENN ER WAR EIN SPASSVOGEL, UND DIE SCHÜLER MOCHTEN ihn ganz gern. Er hatte immer seine Jacke ausgezogen und unterrichtete in Hemdsärmeln.

›Die Knaben holen nun unser liebliches Skelett‹, sagte er und überlegte sich seine jährlichen Späße. Er erklärte das Gerippe und zählte die Knochen auf. Er ließ die Schüler die Knochen an ihren eigenen Körpern nachfühlen, soweit es möglich war. Er schnippte mit den Daumen unter den Hosenträgern und lachte und zeigte und erklärte.

In der nächsten Stunde wurde dann das Innere und Äußere des Menschen durchgenommen, das Skelett wurde eingekleidet, wie er sagte. Haha! Wichtig waren hier vor allem die Geschlechtsorgane und alles, was mit ihnen zusammenhing. Sie lernten, zu was der Hoden nutze war, die Funktion der Eierstöcke, und was es mit den Follikeln auf sich hatte. Die Schüler merkten ausgezeichnet auf und lernten nicht das, was sie später einmal wirklich brauchen würden, das war das Manko des Unterrichts bei dem spaßigen Lehrer. Er hätte es ihnen so beibringen sollen, daß sie später einem mittleren Hürchen gewachsen gewesen wären. Oder vielleicht jetzt schon, denn sie kamen ja langsam in das Alter. Ausgerechnet der Primus holte sich dann auch prompt etwas. Doch dafür konnte der Lehrer natürlich nicht und die Eltern auch nicht, die hatten überhaupt nichts gesagt. Der Vater von Hoffmann hatte den Primus dann stillschweigend wieder auskuriert, der war Facharzt für solche Sachen; gut, daß der Hoffmann Junior in der Klasse war.

Die einzelnen Knochen des Skeletts vergaßen sie später schnell, wozu sollten die auch nutzen. Aber das andere vergaßen die Schüler natürlich nicht.

Der Einarm kümmerte sich jedoch nicht darum, wie er aussah. Er begann bereits zu riechen. In der Hitze geht das schnell. Der Tote wurde dem Anderen immer fremder.

Zuerst roch er wie Kernseife, dann wie 4711, ein wenig kaschiert, und dann süß, je später es wurde. Der Andere setzte sich an das äußerste Ende des Schlauchbootes und überlegte, was zu tun sei.

Das Gesicht des Einarmigen verfiel schnell. Die Zähne bleekten so eindeutig, daß der Andere immer wieder an den verdammten Unterricht denken mußte. Doch half ihm der Tote über die Stunden. Er konnte sich beinahe mit ihm unterhalten. Er wagte nicht, ihn über Bord zu werfen: er hatte Angst, allein zu sein.

Er sah den Toten genau an und versuchte, das Leben wieder in die leere Form zurückzudenken.

Er sieht schließlich gar nicht so böse aus, sagte er sich. Und ich habe ihn doch wirklich gerne gemocht. Man kann doch einen Freund nicht so einfach in das Wasser werfen: so, weg mit dir, sauf ab, verschwinde, nicht wahr? Gestern hatte er noch von Betsy gesprochen und sich bewegt und geraucht. Nun bewegte er sich nicht mehr, und Betsy war unendlich weit weg.

»Hat sie überhaupt einmal existiert?« fragte er den Einarmigen.

Doch der lachte nur, und die Schatten der untergehenden Sonne lagen in seinem Gesicht. Das Gesicht veränderte sich mit dem wandernden Licht und sah milde und nicht böse aus. Welches Gesicht Betsy wohl jetzt, in diesem Augenblick, hat, versuchte er sich vorzustellen. Wenn man ihr Gesicht jetzt neben seines halten würde … na, lieber nicht. Ich sehe genau, wie sie gewachsen ist, Beine, weiter oben, prima Zähne, und das andere. Aber ihr Gesicht weiß ich nicht. Mit Gesichtern muß man vorsichtig sein. Sie sind manchmal ganz anders. Auch die Gesichter, die man schon lange kennt. Wie auch der Einarmige.

»Du da drüben!« sagte er zu ihm. »Länger als zwei Tage und Nächte habe ich nichts weiter als Wasser und dein Gesicht gesehen. Jetzt sieht dein Gesicht fast wie Wasser aus, so, wie dieses Wasser rundum. Vielleicht weiß dein Gesicht schon, daß es bald Wasser werden wird? Betsys Gesicht wird sicher einmal Erde werden. Das haben die Frauen so an sich. Auch wenn sie zu Zeiten wie Betsy sind. Maria ist an der Erde gestorben. Wenn du das genau bedenkst, nicht wahr? Und die Gesichter werden so schnell vergessen, schneller als ein Bild im Fotoalbum. Vergessen? Man kann es gar nicht festhalten, es läßt sich nicht festhalten. Vielleicht will es gar nicht festgehalten werden, wer weiß.«

Die Sonne verwandelte sich wieder vom gelben in das rote Feuer und kühlte ab. Er zog seine Jacke an und wartete, daß die Sonne unter dem Horizont verschwinden sollte; dann erst wollte er seinen Abendschluck Whisky trinken. Er hatte großen Durst. Als er an seinen Durst dachte, mußte er schlucken. Es war aber kein Speichel in seinem Mund.

Der Himmel im Westen hatte sich zu einer großen roten Explosionswolke aufgebauscht. Im Osten krochen die täglichen Abendcumuli dunkelblau über den Horizont. Der Himmel, hoch über ihm, mischte sich grün und blau, sehr hell und zart. In kleinen Höfen erschienen die ersten Sterne als Stecknadellöcher. Das Wasser dunkelte und wurde noch tiefer. Es war nichts in Sicht.

Die Sterne wurden schnell deutlicher, und der Andere suchte sich die Sternbilder zusammen, die er kannte. Er rutschte ein wenig tiefer und legte den Nacken auf die Seitenwulst, so konnte er bequem sehen und verrenkte sich nicht das Genick. Er sah senkrecht in den Himmel. Er brauchte sich nur zu drehen und das Kinn anzuziehen, so war auch der Horizont zu übersehen. Das Flugzeug würde in der Nacht bestimmt nicht suchen, überlegte er. Und ein U-Boot-Schatten war in diesem Nachtlicht sowieso nicht auszumachen, das heißt, wenn es nicht gerade genau auf ihn zuliefe. Aber das war unwahrscheinlich.

Er setzte sich jedoch nochmals aufrecht hin, er hatte seinen Abendschluck vergessen. So schön waren die Sterne.

Er holte sich die Flasche heran und schenkte ein. Er mußte sehr achtgeben, daß er nicht zu viel in den Becher goß. Und dann trank er sehr langsam und in winzigen Schlucken. Das tat gut. Zwischendurch sah er immer wieder zu den Sternen auf. Den Einarmigen hätte er fast vergessen, wenn der Geruch nicht gewesen wäre. Jedoch, so sehr penetrant war der Geruch nicht. Vielleicht hatte er sich bereits daran gewöhnt. Oder die Nachtkühle dämpfte etwas?

Anschließend rauchte er noch eine ganze Zigarette, legte sich wieder hin und zog die Linien der Sternbilder nach.

»Was ist ein Seemann ohne Sterne?« fragte er sich laut.

»Gar nichts!« antwortete er sich selber.

»Ihr Flieger braucht die Sterne nicht so sehr wie wir auf See«, sagte er zum Einarmigen. »Kein Wunder, daß ihr sie nicht kennt. Na, und die Leute an Land schon überhaupt nicht. Da hinten, die drei schwächeren Sterne, die sind bestimmt der Kopf vom ›großen Hund‹, gleich muß auch der Sirius über die Kimm kommen. Achte mal darauf, der sieht dann aus wie eine Dampfer-Topplaterne. Bißchen mehr an Steuerbord muß der ›Hase‹ sein, da siehst du!«

Der Einarmige antwortete nicht. Doch sah es so aus, als beobachte er den Himmel ebenfalls eingehend.

»Neumond«, sagte der Andere. »Gutes Licht zum Beobachten. Schade, daß wir die Plejaden nicht sehen können. Sie sind meine besonderen Freunde. Sieben kleine Küken. Hast du mal kleine Küken in der Hand gehabt? Da merkt man erst, was los ist. Wie es sich anfühlt! Eine Frau ist nichts dagegen.« Der Andere wunderte sich unvermutet, daß er laut sprach. Als er aufgehört hatte, laut zu sprechen, war die Stille doppelt groß. Er hielt den Atem an. Das Schweigen wurde noch größer. Nur seine eigenen Geräusche hörte er. Das Pochen in den Schläfen, das winzige Klicken der Augenlider und den Wasserfall in den Ohren: das Rauschen kam von der Stille. Als er den Atem nicht länger anhalten konnte, hörte er das Sink- und Schwellgeräusch in der Brust und wie das Echo vom Rücken her wiederkam.

Er fing schnell wieder an zu sprechen. Nicht so laut wie

vorher. Und er erzählte dem Einarmigen alles, was er von den Sternen wußte.

Während er noch redete, schlief er ein.

EIN BEOBACHTER AM ÄQUATOR SIEHT MIT BLOSSEM AUGE etwa 5000 Sterne erster bis sechster Größe. Rechnet man die teleskopischen Sterne hinzu, so kommt man zu außerordentlich hohen Sternzahlen, zum Teil lassen sie sich überhaupt nicht mehr auszählen, und wir sind auf Schätzungen angewiesen (wie zum Beispiel bei Stern-Nebeln und -Wolken).

Zur besseren Übersicht hat man die größeren Sterne zu Sternbildern zusammengefaßt, die nach Heroen, Tieren und den verschiedensten Gegenständen benannt sind. Einzelne, sehr helle Sterne hat man darüber hinaus noch mit besonderen Namen belegt.

Die Bedeutung, die die Sterne, sowohl Fixsterne als auch Planeten, für den Menschen haben, ist mannigfaltig. Mystische Anschauung der Astrologie und exakte Wissenschaft der Astronomie lassen sich zwar formell trennen, sie bilden jedoch in der Geistesgeschichte der Menschheit seit jeher eine eigentümliche Verquickung, die auch heutzutage noch zu den seltsamsten Ergebnissen führt.

Der Andere schlief unruhig.

Manchmal fuhr er auf, blickte wie geistesabwesend den Horizont ab, legte sich wieder und schlief weiter.

Gegen Morgen ließ der Schlaf nach, und er träumte. Er wußte sonderbarerweise genau, daß er träumte.

Ich muß das sofort aufschreiben, sagte er sich. Wie früher, Papier und Bleistift auf dem Tisch. Maria beschäftigt sich gerne mit Träumen, und mir macht es Spaß. Wie auf einer Schaukel ist das. Kopfüber geht es auf der Achterbahn, und Maria juchzt. Wie schnell sich das Boot dreht, es dreht sich, wird ein Trichter, verengt sich mehr und mehr, schneller und tiefer werdend, werdend, werdend, werdend ... Gerundiv-Form. Ein Gerundiv-Trichter. Wer hat schon einmal ein viereckiges Gerundivum gesehen? Keiner meldet sich? Gut, der Einarmige, eins rauf! Aber was soll die Tabakpfeife des Toten? Die zeigt genau auf mich? Seit wann raucht er denn Pfeife? So etwas tut man nicht, auf Leute zeigen. Und Maria lacht? Das ist doch gar nicht lustig. Siehst du, das hast du davon, nun stürzen die Gesichter in den Trichter und verschwinden in dem fernen, bodenlosen Punkt. Und da kommt der Punkt schon wieder aufgestiegen, er stülpt sich nach oben. Aber er dreht sich nicht mehr und breitet sich aus, das Meer ist es, und das Wasser rieselt über mich hin, horch!

Er lag unten auf dem Grunde des Meeres, und oben leuchtete der grüne Kristall der Oberfläche. Schiffe kamen dort angesegelt. Columbus, der blutige Narr, rief etwas. Was ruft er nur? Nicht zu verstehen. Die Entfernung ist zu groß. Aus dem ganz großen Schiff mit den knallbunten Segeln steigt Betsy und klettert auf der Leiter zu ihm herab. Er kann ihr genau unter die Röcke sehen, so gemein steigt sie, sie will sicherlich so steigen. Was sie wohl sonst noch will? Sie dreht sich um, und er kann ihr Gesicht nicht erkennen, Milchglas ist davor.

»Gib mir mal den abben Arm«, sagt sie, und woher soll er den so schnell nehmen? Sie macht eine kleine, süße Schippe und treibt als Segelqualle davon, die Fangarme weisen sanftgebogen in die Tiefe. Er kann in dem Schlick hier unten nicht so schnell laufen, er hätte sich gerne noch ein wenig mit ihr unterhalten, da er doch so allein ist und weil er Angst hat. Weil es dunkel wird, und er nichts mehr sehen kann.

Als es gänzlich schwarz geworden war, fühlte er sich von einer Hand gepackt und aufgehoben. Das Wasser rann ab von ihm, und die Haut fror wieder.

Nun ist es wieder hell, und das riesenhafte Gesicht des Medizin-Fliegers ist nahe vor ihm, zerhackt und zerklüftet wie ein Felsen.

»Da bist du ja endlich«, sagt der Tote. »Warum bist du nicht früher gekommen? Nun muß ich operieren!«

Hinter seiner Schulter wetzt der Naturkundelehrer das große Messer, der Wetzstein schnarft und Funken sprühen. Immer mehr Funken stieben, ein Feuerwerk mit Raketen und Wunderkerzen. In den Flammensternen verschwinden alle Gesichter, und aus den Feuerrädern bilden sich funkelnde, tropfende Buchstaben.

»Bei Gefahr Notbremse ziehen«, steht da.

Wo ist die Notbremse? Er sucht und sucht. »Keine Notbremse«, will er schreien, aber er kann nicht rufen. Der

Mund ist zugewachsen. Und da explodiert die Schrift mit einem großen Knall, und die Lippen Marias sind auf seinem Mund, und es ist alles gut. Sofort explodiert es wiederum, und er sucht Deckung vor den Trümmern, die von oben herab regnen. Da ist auch schon das Flugzeug, ein dicker Viermotoriger rast heran. Es brennt. Aber das stört die Flieger anscheinend gar nicht, daß sie da oben verkokeln. Er macht sich klein vor dem anstürzenden Ungetüm, im Spiegel sieht er, daß er ein Kakerlak ist, platt und dämlich. Aber laufen kann er trotzdem nicht, und das Flugzeug kommt unentwegt näher. Die Bombenklappen gähnen, und nun fällt die riesige Bombe. Der Pilot da oben ist wahnsinnig geworden, der drückt die Kiste herunter, der will uns rammen, der Hund, mit dem brennenden Flugzeug. Und wo sind denn die anderen Kakerlaken? Die Bombe, die Bombe ... gleich knallt es.

ALS TRAUM BEZEICHNET MAN DIE BEWUSSTSEINSVORGÄNGE während des Schlafes. Ohr, Nase und Tastsinn bleiben im Schlaf äußeren Einflüssen zugänglich und beeinflussen die Vorstellungen während des Traumes. Der Inhalt der Träume besteht meist aus Wiederbelebung und Verbindung von Erinnerungsbildern. Das Selbstbewußtsein ist nicht gänzlich aufgehoben, es regt sich vielmehr, namentlich gegen Morgen, oft in Zweifeln und in der Frage, ob man denn tatsächlich träume.

Aber es knallte nicht.

Nur sein Kopf war heruntergefallen und lag auf der Gräting, als er aufwachte.

»Ich träume«, sagte er und nahm schnell sein linkes Bein von den Füßen des Toten. Wo ist Maria abgeblieben, als das Flugzeug kam, und die Kakerlaken? Der Pilot muß verrückt oder verbrannt gewesen sein, uns mit der brennenden Maschine zu rammen. Glatter Selbstmord. Der Einarmige lag unverändert. Der Andere hatte Kopfschmerzen und schloß die Augen.

Es war alles nicht gut.

Er atmete einige Male tief und spuckte aus. Doch es kam nichts aus seinem Mund. Er mußte husten. Der Geschmack im Mund war wie nach einer durchsoffenen Nacht. Oder post coitum, dann, wenn der Film gerissen war.

»Nie wieder«, hatte er gesagt, damals, »verfluchter Mist«, und nun träumt man es.

Er wußte schon nicht mehr genau, was er geträumt hatte. Nur der Geschmack im Mund war noch da. Er kaute einen Kaugummi. Das Pelzige wollte aber nicht weggehen.

Er klappte den Kragen seiner Jacke hoch. Er fror. Im Osten flammte ein schmaler, heller Streifen über der Kimm auf. Der Morgen kam. Die See lag wie ein Brett. Die Sterne verblaßten schnell.

Er fror. Die Haut war feucht von der Nachtkühle und der Morgenluft. Er hielt seine Hände in das Wasser. Das Wasser war erschreckend warm und erinnerte ihn an den kommenden Tag. Um seine Hände war nicht die geringste

Bewegung im Wasser. Das Schlauchboot klebte wie festgenagelt. Es machte keine Fahrt nirgendwohin.

»Nirgendwohin!« sagte er. »Das ist ein feiner Weg.«

Er zog die Hände schnell wieder aus dem Wasser, so schnell, als habe ihn eine Schlange gebissen. Er trocknete seine Hände am Hemd ab. Sie begannen zu frieren an der Luft. Dieses Gefühl kannte er. Er haßte es.

»Nirgendwohin, jetzt weiß ich es endlich!« sagte er nochmals. »Und du?« fragte er den Toten. »Auch nirgendwohin? Das nennt man ›Fortschritt‹. Oder bist du etwa schon angekommen? Wie kann man aus dem Nirgendwohin irgendwo ankommen?«

Der Tote antwortete nicht, wie üblich. Den Anderen erbitterte das Ohne-Antwort-bleiben. Er wußte, daß es Unsinn war, darauf zu warten. Er wußte, daß es Schwachsinn war, sich mit einem toten Mann unterhalten zu wollen. Er wußte, daß seine Gedanken gefährlich waren. Er wußte alles sehr genau. Aber er konnte nicht anders. Es war eine Faszination. Er mußte reden, Dinge sagen, von denen er wußte, im Augenblick des Aussprechens, daß er sie nicht sagen durfte, um nicht überzuschnappen. Er war weder böse auf den Einarmigen noch wütend über sich selbst deswegen; da war nur die Sucht, *den* zu einer Antwort herauszufordern, der dahinterstand, der die Strippen der Puppe zog, der das alles arrangiert hatte.

»Arrangiert!« rief er. »Das Wort paßt wundervoll!«

»Ich meine damit nicht den lieben Gott aus den Schulbüchern, mein Lieber!« sagte er wieder leiser und ruhiger auf den Einarmigen hin. »Der liebe Gott ist in dieser Beziehung viel zu harmlos. Ich weiß, was du sagen würdest, mein Alter, wenn du nicht erledigt wärst: Denker-plus-Dichterenkel, die Kultur des Abendlandes gräbt nach dem Stein der Weisen, was? Das würdest du sagen, nicht wahr?«

Trotzdem treiben wir beide nirgendwohin, dachte er weiter. Ich lebe, und du bist tot, und wir beide treiben gemeinsam nirgendwohin, da ist kein Unterschied. Nur, daß ich allein bin und du vielleicht nicht. Du bist tot und hast es hinter dir, und ich lebe noch. Immerhin bist du wenigstens schon tot.

»Das ist kein geringer Vorteil«, sagte er zum Einarmigen. »Eine vornehme Formulierung, wie?«

Er fror schon lange nicht mehr. Die Sonne brannte, wie sie in den Tagen vorher immer gebrannt hatte. Er zog die Jacke aus und hatte sofort das Gefühl, als schütte man ihm heißes Wasser in die Poren. In feinen, glühenden Strahlen drang es in ihn ein. Es fiel ihm schwer, genau und akzentuiert zu sprechen. Die Laute taumelten in seinem Mund. Die Kühle der Nacht hatte es nie gegeben.

Er versuchte, deutlich zu sprechen.

»La – le – lo – Lin-se«, sagte er, und die Zunge stieß sich überall. »Kre – krie-chen – Sekt-früh-stück«, artikulierte er. Doch es ging nicht. Es war alles vertrocknet. Er gab das Sprechen auf. Der Durst machte eine Schlinge in seinem Leib, so fühlte es sich an. Der Andere atmete durch die Nase, um den Mund nicht von der wabernden Luft völlig austrocknen zu lassen. Doch was half es schon?

Gar nichts.

Er holte die Flasche hervor. Es waren höchstens noch drei Rationen. Also für einen Tag. Halbiert für zwei Tage.

Halbiert, das ist zu wenig, rechnete er. Ich kann mich ja auch nicht halbieren. Also lieber volle Rationen, und morgen ist dann Schluß. Na schön. Sie finden mich sowieso nicht mehr. Ein Tag länger, was macht das jetzt noch aus? Dann schon lieber das Ende mit fliegenden Fahnen.

»Heroismus, teurer Freund!« sagte er laut. »Wie auf den bekannten Heldenbildern oder im Kino oder in den nationalen Schulbüchern!«

Als er jedoch den Einarmigen ansah, trank er nur eine halbe Ration. Er zählte die Kaugummis. Vier kleine, weiße, niedliche Stückchen waren noch da. Die Schococola-Schachtel war leer. Er hatte noch acht Zigaretten und eine Zweidrittel-Kippe. Die rauchte er jetzt.

»Es wird eben alles weniger«, sagte er.

»Du auch!« rief er dem Einarmigen zu. »Du auch, wenn man dich so ansieht!«

Der Einarmige war jetzt überhaupt nicht mehr der Einarmige. Der Einarmige war jetzt nur noch ein völlig totes Etwas. Es war kaum noch eine Ähnlichkeit mit seinem toten Freunde da. »Keine Ähnlichkeit«, sagte er laut und so deutlich er konnte. Er sog den Rauch ein, und der Schnaps hüpfte in seinem leeren Magen. Im Gehirn schwankte es, und der Horizont bewegte sich leise.

Halte dich fest, befahl er sich, du kannst jetzt nicht durchdrehen. Sonst ist es aus. Schön ruhig überlegen. Der

Tote muß weg. Ich kann den Geruch und den Anblick nicht mehr ertragen.

Er sah zum Toten hin. Der Armstumpf stand fast waagerecht vom Körper ab.

Der Andere schloß die Augen und sah dann wieder hin: der Armstumpf stand nahezu waagerecht vom Körper ab. Es war keine Täuschung. Der Bauch des Toten war etwas aufgetrieben und die Augen ein wenig geöffnet. Es schimmerte weißlich aus den Augenspalten. Die Unterseite des Toten war durchfeuchtet.

»Teufel noch mal«, sagte der Andere.

Er sah wieder weg. Er konnte das, was sein Nachbar gewesen war, nicht mehr ansehen. Es ging nicht mehr, das war zuviel. Und er hatte doch weißgott genug tote Leute gesehen, ganz- und halbverfault, frisch ertrunken und nach monatelangem Im-Wasser-liegen. Aber der hier, dieser Rest des Einarmigen, war zu viel. Das war nicht mehr zu machen. Er war nicht mehr sein Einarm von den Tagen vorher. Er war jetzt sein Feind. Einer, der ihm ans Leder wollte. Einer, der ihn angriff. Einer, der etwas tat, obwohl er tot war und nichts tun konnte. Und der Andere erinnerte sich an früher. Allein das Erinnernkönnen war gut. So wußte er, daß er noch klar denken konnte. Er erinnerte sich an das, was er einmal von den Toten gedacht hatte. Der auseinanderfließende Tote hier war eine Bestätigung seiner Gedanken.

Sein Verstand arbeitete völlig klar und scharf wie ein Seziermesser. Das war gut.

»Das ist gut!« sagte er und freute sich über die klare Konstruktion seiner Gedankensätze. Was hatte er eben gedacht? Noch mal wiederholen.

»Die nach rückwärts gerichtete Romantik wird in Bezug auf die Gegenwart leicht zynisch«, sagte er. »Allright, das Köpfchen funktioniert. Wenigstens ein Vorteil. Danke, mein Lieber!« sagte er zum Einarmigen. »Die tote und die lebende Maria: das ist ein gewaltiger Unterschied! Man muß die beiden genau trennen. Sonst ist man erledigt, mein Bester!« Er öffnete wieder die Augen.

Der Tote hatte sich nicht verändert.

Der Alkohol tobte im Blut. »Du hast einen Komplex«, sagte er zu sich. »Einen Toten-Komplex. So geht es nicht weiter!« Er zog das Gesicht zusammen, um genau und folgerichtig weiterdenken zu können. Früher hatte er das immer getan, wenn er stark betrunken gewesen war, eben, um richtig denken zu können.

»Der Tote muß weg«, sagte er. Er sprach immer so laut, daß der Einarmige ihn auch hören konnte.

Der Tote schwieg. Was sollte er auch sonst tun. Tote schweigen immer. Tote reden nur durch ihr Dasein im Gefühl der Anderen.

Der Andere explodierte plötzlich:

»Ich will euch nicht, dich nicht und Maria nicht und mich selbst morgen auch nicht. Wenn ihr tot seid, dann ist Schluß! Finis! Ende!«

Der Andere wußte kaum noch, was er schrie, und bekam Angst vor dem Einarm, und unter ihm, tief, war etwas im

Wasser, ein Tier beglotzte ihn von unten, ein Krake, und wunderte sich, was das da oben wohl sei, der dunkle Punkt an der Oberfläche. Der Andere fühlte, daß er ihn beobachtete. Vielleicht war das ein Riesenfisch, mit scharfen Zähnen, die ihn erwarteten, um zu fressen, wenn er im Wasser war und absinken würde, oder es genügte schon das Oben-dahin-treiben, oder es genügte vielleicht ein Stück Aas, dachte er, weg mit dem Toten. Dann ist der Tote fort, im Fischbauch, im Krakensack, ich bin endlich allein. Und was dann?

Der Andere weinte beinahe vor Entsetzen und Erleichterung. Er mußte den Einarmigen über Bord werfen, das war klar. Der große Krake wartete unten auf Fraß. Weg mit dem Toten. Weg mit allen Toten. Über Bord damit. Das Ding da unten will fressen, also soll es fressen.

Das Tiefe, das Auge von unten drehte sich im Kopf des Anderen, und sein Denken ging quer.

Unten ist das Tier, sagte es in seinem Gehirn, und hier oben der Tote und du. Sieh dir das mal genau an!

Die Stimme flüsterte.

Ihr beide: man findet euch nicht, und du segelst mit dem Toten durch die Ewigkeit. Die Sonne löst euch auf, und ihr verfließt und werdet eins, und die Sonne brennt euch zusammen, das Fleisch schmilzt weg, und eure Knochen werden weiß poliert und mürbe von der Hitze, zwei Gerippe in der Umarmung, denn ihr gehört zusammen. Seit jeher und immer. Immer.

»Ruhe!« brüllte der Andere. »Ruhe!«

Die Herzschläge quollen ihm in den Ohren. Er zwang sich mühsam, und nach einer kleinen Atempause fiel das wahnsinnige Karussell von ihm ab, genauso schnell, wie es gekommen war. Er sah nun wieder klar und wußte deutlich: Hier war er, und dort war der Tote. Ringsumher war der Mittelatlantik, über ihm die tropische Sonne, unter ihm 2500 m Wasser. Unsichtbar hoch standen die Sterne.

»Man kann vieles nicht sehen, was da ist, siehst du!« sagte er zum Einarmigen.

Er bewegte sich zu ihm hin und bereitete ihn vor. Er suchte, ob noch etwas von ihm übrigbleiben würde, ob noch etwas in den Taschen des Toten wäre.

Im Jackett fand er die Brieftasche und ein leeres Zigarettenetui, flach, elegant und mit eingraviertem ›Betsy‹. In den Hosentaschen ein Taschentuch, Streichhölzer und einen Nagelreiniger. Der Andere lachte und schluchzte:

»Nagelreiniger! Wozu ein Nagelreiniger nicht alles gut ist!« In der anderen Hosentasche war ein abgebrochener Bleistiftstummel. Jemand hatte nicht weiterschreiben können, weil der Bleistift abgebrochen war. Dann war noch ein Stückchen Bindfaden da und eine Pappschachtel. Er öffnete die Schachtel und sah nach. Er ekelte sich und warf die Schachtel angewidert außenbords.

»Das war nicht nötig, du Schwein!« sagte er.

»Verfluchtes Schwein!« schrie er und hätte ihn am liebsten geschlagen. Er spürte seine Gedanken wieder davonschwimmen und hörte sich schlucken.

»Betsy, du auch!« schrie er.

Aber Betsy war nicht hier, und so konnte er lange schreien. Er beruhigte sich wieder, weil niemand da war. Warum auch Betsy? War es nicht immer auch …

Er brach ab. Was denke ich, dachte er. So geht der hehre Ernst des Todes in die Binsen, überlegte er höhnisch. Recht so. Bravo! Das ist auch etwas für den Schöpfer aller Dinge. Der Obergummimacher wird lächerlich vor seinem eigenen Produkt, haha.

Der Andere schüttelte sich vor Lachen.

»Die Schöpfung macht vor einem Stückchen Gummi halt«, deklamierte er. »Wenn das nicht will, kann er gar nichts machen!«

Und er erinnerte sich an ›La Gracieuse‹, die kleine Mademoiselle, und vergaß das andere vollständig. Sie war wirklich graziös gewesen, weiß Gott:

VOR EIN PAAR MONATEN, UNTEN IN BORDEAUX, HATTEN SIE im ›Central‹ gegessen, wunderbar das Essen, und anschließend gingen sie in die Cotelette-Bar, ein übles Ding, aber na ja. Natürlich war er dann mit ihr nach Hause gegangen, warum auch nicht, warum sollte er nicht mit einem niedlichen Mädchen gehen? So ein graziöses Ding. Ein graziles Geschöpf, erinnerte er sich.

Es war etwas mehr als sonst gewesen. Die Kleine war in ihn verliebt, das sah ein Blinder. Sie war reizend und sorgte dafür, daß er nicht zuviel trank, ein gutes Zeichen. Zuhaus erzählte sie ihm von ihrem Leben, während sie sich auszog. Leicht war das Leben gewiß nicht, der Krieg und alles andere. Sie war blendend gewachsen, und er hatte im Sessel gesessen und geraucht und sich das ganze Theater angesehen. Als sie es merkte, hatte sie angefangen zu weinen. Das war sie wohl nicht gewöhnt. Und noch im Bett schluchzte sie, und sie hatten nur so nebeneinander gelegen. Er sah gegen die Zimmerdecke, und draußen fuhr ein Auto vorbei, die Lichter wanderten auf der Zimmerdecke. Sie schluchzte, und er dachte nach.

Bis sie mit ihren verdammten kleinen Berührungen begann, trotz Schluchzen, und da war das Denken natürlich vorbei, was soll man machen. Sie schluchzte nicht mehr, und er dachte nicht mehr, ihr Mund war ein kleines, feuchtes Tier und er ließ sich fallen, wohin ließen sie sich fallen und das Rote stieg auf und die Flamme und das Feuer strömten die Hitze aus, da war kein Licht mehr an der Decke und auch keine Decke mehr, kleine La Gracieuse.

Die Pappschachtel hatte er außenbords geworfen, und die Wut auf den Einarmigen war vorbei. Was wußte er schon von ihm? War Betsy gleich La Gracieuse? Vielleicht, vielleicht auch nicht. Sicherlich nicht, leider, trotz Florida-Vater. Solche Mädchen sind manchmal unvermutet g'schamig. ›G'schamig‹, so hatte die Mirzl immer gesagt, blöder bayrischer Ausdruck, dachte er. Was weiß ich schon von der Graziösen des Einarmigen? Also! Gut, daß die Schachtel weg ist, dachte er weiter.

»Für dich ist das Zeug jetzt illusorisch!« sagte er zum

Einarmigen und knöpfte ihm die Jacke. Sie spannte über dem gewölbten Bauch. Er redete ihm weiter zu:

»Du brauchst das nun nicht mehr. Ich habe es weggeworfen. Damit können sich die Fische nun amüsieren. Weder für Betsy noch für sonst jemanden brauchst du das Zeugs. Entschuldige nur, daß ich es so beim Namen nenne, aber wir sind ja unter uns, nicht wahr? Die anständigen Leute mit Moral tun es ja auch fleißig und reden allerdings nicht darüber, na laß sie. Aber vielleicht hast du es einmal vergessen, und jetzt lebt irgendwo ein Sohn von dir? Das wäre gut für dich, was? Einen Sohn von deiner La Gracieuse, ob die sich wohl darüber freut? Vielleicht auch nicht. Sei froh, daß du einen Sohn hast, mein Lieber. Die meisten Mädchen von dieser Sorte spielen nur und malen sich hinterher den Mund neu an, das ist dann alles. Das ist dann unser Pech. Na, laß man. Komm, sei still. Meine La Gracieuse? Nicht davon sprechen. Und laß Maria in Ruhe, sage ich dir!«

Der Andere wurde wieder lauter.

»Du mit deiner verfluchten Pappschachtel hast kein Recht, darüber zu sprechen! Du schon gar nicht!«

Die Sonne stand genau im Mittag.

Der Andere sah auf seine Armbanduhr. Die Uhr war stehengeblieben. In einem plötzlichen Wutanfall schleuderte er die Uhr weit hinaus in das Wasser.

»Die Zeit versinkt«, sagte er, als er wieder denken konnte. »Na wenn schon!«

Und dann nahm er den Einarmigen auf und wälzte ihn

über die Seitenwulst. Er gab ihm einen Stoß und drehte sich schnell um, ohne dem Toten nachzusehen.

Das Schlauchboot schaukelte von der jähen Erschütterung. Träge, flache Wellenkreise gingen von ihm aus und verschwanden zum Horizont hin. Aber sonst lag die See unbeweglich. In der Ferne schwirrte ein Rudel fliegender Fische. Sonst war nichts weiter in Sicht.

Der Andere legte sich auf den Boden des Schlauchbootes, drückte sein Gesicht in den Winkel, und dort war es aber noch nicht dunkel genug. Er zog die Jacke über den Kopf: und nun war es dunkel genug. Dann weinte er.

3

DURST (LAT. SITIS) IST DIE UNANGENEHME EMPFINdung in der Schleimhaut des Schlundkopfes und der Mundhöhle, durch die das Bedürfnis des Körpers nach Feuchtigkeit offenbar wird. Durst entsteht nach reichlichem Schwitzen, nach anhaltender Muskelarbeit bei großer Trockenheit oder hoher Temperatur der Luft sowie nach dem Genuß von stark salzhaltigen Speisen. Zur Stillung des Durstes genügt das Trinken von Wasser; in besonderen Fällen kann Wasser auch durch subkutane Einspritzungen zugeführt werden.

Wird der Durst nicht gestillt, so rötet sich die Schleimhaut des Mundes, und die Sprache wird heiser, das Schlingen beschwerlich. Alle Körperabsonderungen werden vermindert. Allgemeine Schwäche des Körpers und erhöhte Reizbarkeit des Nervensystems gesellen sich dazu. Dann entzündet sich die Mundschleimhaut und der Rachen. Der Puls wird überaus schnell, der Atem beschleunigt und seufzend. Heftiges Fieber und Irrereden sowie Bewußtlosigkeit stellen sich ein. Die Bewußtlosigkeit geht endlich in den Tod über.

Der Andere hatte die Jacke über den Kopf gezogen, und sein Gesicht lag im Dunklen.

Er konnte nichts um sich ertragen. Vor dem leeren

Platz des Einarmigen hatte er Angst. Sein Kopf lag im Dunklen, und die Jacke hatte gleichsam eine feste Wand um ihn gezogen. Doch drückte ihn die Jacke wie ein schweres Gewicht. Er fühlte überhaupt alle Dinge an seinem Körper in übergroßer Deutlichkeit, so, als wäre seine Haut unermeßlich ausgebreitet. Jede einzelne Berührung des Hemdes und der Hose spürte er grob und schmerzend. Die fehlende Uhr an seinem linken Handgelenk war in ihrer Umkehrung da, ihr Nicht-da-sein tat ebenfalls weh.

»Mir fehlt die Zeit«, sagte er.

Sein Denken war wie seine Haut, empfindsam und überdeutlich.

»Mir fehlt die Zeit. Dort im Wasser ist sie verschwunden.« Sein Weinen beruhigte sich. Die Augen schmerzten so unerträglich, daß er wieder böse wurde.

»Die Zeit fortgeworfen und nichts dafür eingehandelt!« sagte er lauter. »Das nenne ich ein Geschäft.«

Er mußte jetzt unbedingt eine Zigarette rauchen. Er suchte nach der Schachtel in den Hosentaschen. Doch dort war sie nicht. Er mußte sich aufsetzen und die Jacke abtun. Die Hitze und das Licht schlugen wie eine Granate in ihm ein. Er riß den Mund weit auf und schnappte nach Luft. Sein Mund war mit einer glühenden, quellenden Masse gefüllt.

Endlich fand er die Zigaretten.

Während er rauchte, hielt er seine Augen im Innern des Schlauchbootes fest. Er versuchte, seine Gedanken von dem Einarmigen abzubringen und wagte nicht, auf das Wasser ringsum zu sehen. Der Zigarettenrauch war bitter in seinem Mund und strich brennend über die trokkene Zunge. Er spannte seinen ganzen Willen an, um von dem Toten fortzukommen und konzentrierte sich auf seine fehlende Uhr, auf seine fehlende Zeit.

»Philosophisches Denken ist Trumpf«, sagte er wieder laut. Er mußte laut sprechen. Es ging einfach nicht anders.

»Methodisches Denken. Sonst kommt man zu keinen Ergebnissen«, sagte er und hatte den Toten unter der Anstrengung nun tatsächlich fast vergessen.

»Wie ist das mit der Zeit?« fragte er. »Na, Herr Einstein? Gekrümmter Raum? Gekrümmte Zeit? Gekrümmter Mensch?«

Er lachte.

»Gekrümmter Mensch ist gut!« rief er. »Prima! Das ist ein Gedanke!«

Er schnippte mit dem Finger. Er amüsierte sich über sein zivilisiertes Nachdenken.

Also? Wie ist das? überlegte er. Gekrümmter Raum? Gut. Gekrümmte Zeit. Schwieriger. Zum gekrümmten Menschen kommen wir noch, das Experiment ist noch nicht abgeschlossen, Herr Lehrer. Genau nachdenken, bitte. Wie war es? Damals ist doch unentwegt darüber geredet worden:

VOR DEM KRIEGE NOCH WAR ES GEWESEN. IN DER STADT EXIstierte ein sogenannter ›Kreis‹ von klugen Leuten. Man besuchte sich gegenseitig und nahm eifrig am kulturellen

Leben teil. Und sonst so. Künstler gehörten selbstverständlich zum ›Kreis‹. Und Ärzte natürlich auch. Die sind ja immer und überall dabei, würde der Einarmige gesagt haben.

Es war eigentlich stets sehr nett. Die Leute waren klug, wie gesagt, und bemühten sich, den Dingen auf die Spur zu kommen. Die Auseinandersetzung mit den Problemen des Lebens. An den Abenden wurden viele gute Sachen getrunken, so, wie man es seinem Geschmack schuldig war. Eine gute Spätlese, oder etwa Rum plus Porter, fifty-fifty gemixt, wundervoll!

An den einen Abend mit dem Thema ›gekrümmter Raum‹ und so weiter entsann er sich noch genau. (Gekrümmte Menschen waren damals noch nicht so offensichtlich existent, jedenfalls nicht für den ›Kreis‹.) Es war eine schwierige Diskussion geworden und schließlich doch das alte Lied geblieben, die banale Frage nach dem berühmten ›Sinn‹. Die weiblichen Redenden breiteten ihre Komplexe aus, versteckt, versteht sich, und die männlichen Redenden erläuterten, was sie doch niemals erreichen würden. Und Angst hatten sie alle. Jahre später merkte man es dann.

Der Andere grinste in seiner Erinnerung. Er hatte es damals schon gewußt: das Deklamieren der Sehnsucht. Denn dieses waren die vielen Worte ja wohl gewesen. Er hatte es damals schon gewußt, allerdings hatte sich auch sein Selbstgefühl entsprechend aufgebläht. Gesagt hatte er es den anderen natürlich nicht, die Menschen vertragen ihre eigene Statik nur schlecht.

»Du auch nicht!« sagte der Andere laut zu sich selbst.

Eines hatte er allerdings damals nicht gewußt, daß es im Grunde ganz einfach war. Jetzt wußte er es?

»Na, dann schieß mal los mit deinen Sprüchen!« sagte er und sonnte sich. »Und gut formuliert, wenn ich bitten darf!« Der Andere dachte nach, setzte sich in Positur und hatte einen riesigen Spaß an seiner Weisheit.

»Was ist einfach?« sagte er. »Jeder muß im Äußeren tun, was ihm aufgegeben worden ist zu tun. Nicht reden und fragen, sondern tun. Und im Inneren? Da gibt es nur einen einzigen Weg, den Weg auf sich selber zu, die Bewegung auf sich selber hin. Die eigenen Grenzen ausfüllen bis an den Rand der Möglichkeiten überhaupt.«

Ein bißchen viel Rilke dürfte das sein, überlegte der Andere. Er redete weiter:

»So gesehen gibt es kein großes Du. Der Fortschritt liegt nicht im Plural, sondern im extremsten Singular. Das will natürlich kein öffentlicher Mensch wahrhaben.«

Er machte eine Pause, freute sich und lachte.

»Ich habe mich doch sehr gebildet ausgedrückt, wie?« Er spitzte die Lippen und wiederholte: »gebüüühldet«. Das Wort klang dumm vor sich hin auf dem Wasser ringsum. Er überlegte weiter:

Was war damals an dem gekrümmten Abend als Ergebnis herausgekommen? Es war alles wunderbar definiert worden. Man wußte noch mehr, als man vorher gewußt hatte. Hatte es geholfen? In gewisser Weise. Ja. Die Perspektiven waren größer geworden. Aber sonst?

»Ich aber gehe hier ein vor Durst!« sagte er wieder lauter, und der Spaß verging ihm. »Das ist ein fröhlicher Weg auf mich selber zu. Ein Weg, auf dem überhaupt nichts mehr übrigbleibt!«

Er hatte sich wieder an seinen Durst erinnert, und sofort lief der klare Rest seiner Gedanken davon. Es wirbelte alles durcheinander, die Menschen von damals und er selbst hier. Das, was er wirklich meinte und die Pferdefuß-Weisheiten. Es war ihm nicht möglich, sich zu dem zu entschließen, was er bereits fühlte und noch nicht wußte.

»Lieber Gott«, sagte er und meinte ihn gar nicht.

Er legte sich wieder hin und zog die Jacke über den Kopf. So war es wieder dunkel, und er konnte draußen im Hellen lassen, was er nicht haben wollte.

Er weinte nun auch nicht. Es war einfach nichts mehr da, und er dachte nichts. Er horchte auf den Durst in seinem Körper. Das Fauchen des Atems war laut in der kleinen Dunkelheit um seinen Kopf.

Gegen Abend erst wachte er wieder auf aus diesem Dämmerzustand. Er wußte nicht, ob er geschlafen hatte. Er fühlte sich nur zerschlagen und matt. Auf seine Bewegungen drückten wieder die schweren Gewichte.

Er drehte sich um, so daß er nun auf dem Rücken lag und in den brennenden Himmel sah.

Heute ist also auch niemand gekommen, überlegte er. Das Denken fiel ihm schwer und strengte an. Es war überhaupt alles anstrengend, das Nachdenken über etwas Bestimmtes, das Aufheben der Hand, die Bewegung des Fußes.

Kein Flugzeug und kein Schiff waren gekommen, dachte er weiter. Nichts ist gekommen. Wie lange bin ich eigentlich schon auf diesem verdammten Schlauchboot?

»Nicht einfach, das Nachrechnen!« sagte er wieder laut und gab es auf, die Zahl der Tage genau wissen zu wollen. Was waren schon Tage, Nächte, Stunden oder Wochen unter diesen Verhältnissen? Nichts. Oder alles! Jedenfalls nichts Meßbares. Hatte es noch einen Sinn, Hoffnung zu haben? Wer suchte ihn denn? Niemand. Die Flugzeuge suchten den Einarmigen und seine Leute, die schon lange tot waren. Die Flugzeuge suchten nur noch Tote. Wenn sie überhaupt suchten, heißt das! Zu Hause wurde er, der Andere, noch gar nicht vermißt. Wie sollten sie zu Hause auch wissen, was inzwischen passiert war? Daß sie ihn suchen sollten? Die U-Boote gaben manchmal wochenlang keine Funkmeldungen ab. Na also. Er wurde nicht vermißt. Und wer hätte auch etwas wissen sollen? Die amtlichen Stellen natürlich. Und sonst? Maria war tot.

»Eins zu null für Herrn Thanatos!« sagte er.

Die Eltern waren gestorben, als er noch ein Kind gewesen war. Zwei zu null für den Tod. Und sonst?

»Der Bursche gewinnt langsam an Boden«, sagte er. »Der Einarmige ist ein weiterer Trumpf für ihn. Trumpf sticht, mein Lieber. Was kann man entgegensetzen?« fragte er.

»Nichts«, antwortete er.

Ihm fiel wieder auf, daß er laut sprach. So ein Unsinn, da ihn doch niemand hörte.

»Ich muß an etwas anderes denken«, sagte er sich. »Sonst wird das ein Zwangskomplex, ein Gedanken-Zirkus, aus dem ich nicht mehr herauskomme. Die billige, trostreiche Philosophie kann man sich nur zu Hause hinter dem Ofen leisten. Hier geht es nicht. Sonst wird die Geschichte tödlich.«

Er setzte sich auf und blickte den Horizont ab. Der Westen war ein Feuermeer in der untergehenden Sonne.

»Wenn das jemand malte, wär's ein prachtvoller Kitsch«, sagte er. »Diese Bonbonfarben!« Und dann lachte er: »Ein besseres Allgemein-Sentiment konntest du auch nicht finden, wie?«

Der Westen blendete im Sonnenuntergang, und im Osten waren alle dunklen Nachtfarben unterscheidungslos verschmiert. Die Kimm war nur streckenweise klar auszumachen. Er erinnerte sich an den Einarmigen. Er holte die Brieftasche vor und untersuchte ihren Inhalt.

Da war der Ausweis des Toten. Mit Stempel und Unterschrift. Ein abgegriffenes Stück Papier.

»So hätte ich dich nicht wiedererkannt!« sagte er. »Ein idiotisches Bild. Als was weist man sich eigentlich mit so einem Ding aus?« fragte er. Jetzt brauchst du keinen Ausweis mehr. Das heißt, man kann ja nie wissen, vielleicht mußt du den Leuten dort drüben auch einen Ausweis vorzeigen, damit sie dich ordnungsgemäß einsortieren können, was?« Dann war da eine Quittung über 7 Dollar 60. Die Schrift war so undeutlich, daß er nicht entziffern konnte, was der Einarmige gekauft hatte. Schade.

Ein paar Briefmarken lagen in der kleinen Seitentasche. Bunte Zettelchen, mit dem Gesicht von Mister Washington bedruckt.

»Für 5 Cent das Stück«, sagte er. »So billig sind die Gesichter schon geworden. Naja ... eine Kinokarte, noch eine Kinokarte!« redete er weiter. »Händchenhalten plus Happyend. Irrsinnig spannend. Lebensecht, wundervoll.«

Der Andere amüsierte sich wieder und wurde warm an seinen Kino-Gedanken.

»Erschütterndes Seelendrama und hunderttausend nackte Beinchen. Der Augenaufschlag des berühmten Stars. Die serienweisen Unterleiber der Revuegirls. Fleischerladen der Seele und Schlachthof der Körper. Sonst keine Schlagworte mehr?«

Ihm fiel nichts weiter ein. Nur noch die Gesichter der Zuschauer, hinterher, an die erinnerte er sich noch, so, als sähe er sie jetzt: diese gedunsenen, von der Wärme und den vor gelogenen Träumen aufgequollenen Gesichter. Und wie die Leute dann nach Hause gingen, die nervöse Zigarette im Mund und erbittert über ihr kleines und graues Leben, das leider nicht so war wie das auf der Leinewand.

Er versuchte, schnell an etwas anderes zu denken, und suchte weiter in der Brieftasche. Hinten, im großen Fach, lag ein Brief von Betsy und ein Bild von ihr.

Er sah sich das Bild von Betsy genau an. Es war eine gut ausgeleuchtete Aufnahme, nur wenig retuschiert. Zweifellos ein niedliches Gesicht. Sehr große Augen, das Haar ein heller Strahlenkranz um ihren Kopf. Der Mund nicht zu groß und nicht zu klein. Die Nase ein wenig stupsig, eine herzige Nase. »Es stimmt alles in dem Gesicht«, sagte der Andere. »Es ist sogar besser, als ich dachte. Wenn der Fotofritze nicht so vollendet aufgenommen hätte, wäre mehr zu sehen gewesen.« Er vertiefte sich immer weiter in das Gesicht. Ein fremdes Gesicht. Er kannte es nicht und wußte doch vieles von ihm. Fräulein Betsy. Miss Betsy.

»Schade, daß du nicht reden kannst«, sagte er. »Ich hätte mich sehr gern einmal mit dir unterhalten. Und dein Gesicht von allen Seiten gesehen. Nicht so wie hier. Du entschuldigst doch, daß ich deinen Brief lese? Der Einarmige ist tot, ich nehme ihm nichts weg, nicht wahr?«

Doch er las den Brief noch nicht. Denn Betsys Gesicht begann zu verschwimmen, und ein anderes Gesicht tauchte hinter dem undeutlich gewordenen auf. Maria kam wieder.

DAS ERSTE, WAS ER VON MARIA GESEHEN HATTE, WAR IHR Bild gewesen. Es hatte eines Tages auf dem Schreibtischchen seiner Schwester gestanden. Und dann hatte es sich so ergeben, daß sie Maria eines Tages besuchten, auf der Durchreise nach Weiß-nicht-mehr-wohin. Als sie aus dem Zug stiegen, stand Maria bereits da und erwartete sie. Anfangs bekam er einen Schreck, denn Maria sah ganz anders aus als auf dem Bild. Doch der Schreck verging schnell.

Die beiden Mädchen redeten sofort aufeinander ein, und er stand dumm daneben. Sie redeten wie ein Wasserfall. Was Mädchen sich immer so zu erzählen haben, du lieber Himmel! Zu Hause, in ihrem Zimmer, tranken sie

Kaffee, und die Mädchen redeten weiter. Er saß nur dabei, hörte zu und sah Maria an, wenn sie es nicht merkte.

Am Abend tranken sie nach dem Essen einen weißen Bordeaux, er erinnerte sich noch genau an den Geschmack. Maria war munter wie ein Fisch, mein Gott, und die Mädchen redeten, redeten, redeten. Maria baumelte mit den Beinen, sie war anscheinend doch sehr vergnügt. Später wurden sie dann ein wenig albern, denn als sie sehr spät nochmals Hunger bekamen, briet Maria ihren Sonntagsbraten, das heißt, es waren Koteletts, und er mußte das Fleisch erst auseinanderhacken. Männerarbeit, mein Herr, so was Blödes! Mit einer Axt, vorn auf den Steinstufen der Haustür, hatte er das Fleisch auseinandergeschlagen, und was mochten nur die Nachbarn denken!

Es war ihm keine Wahl geblieben, er hatte sich in Maria verliebt. Und Maria selbst? Das mochten die Götter wissen. Sie tranken noch mehr Wein, und nun redete er sogar manchmal auch. Sie unterhielten sich glänzend. Später war er dann müde geworden, und die Mädchen redeten wieder alleine. Er war in einen schwebenden, unwirklichen Zustand gefallen. Das einzig Wirkliche war Marias Gesicht, wie es sich beim Sprechen bewegte, wie die Gedanken darüber hingingen. Ihr Mund hatte eine ganz eigentümliche Linie, unten, unter der Unterlippe. Und sehr rot war der Mund. Nicht mehr hinsehen, mein Lieber! Und ihr Haar im Licht unter der Lampe … Sie hatte einen Schleier über ihr Haar gelegt und erklärte der Schwester irgend etwas aus einem Theaterstück, worin der Schleier eine besondere Rolle spielte. Was sagte sie? Ach so, Hofmannsthal, ›Tor und Tod‹, die Geliebte.

»Haben Sie gespielt?« fragte er.

Ja, sie hatte die Geliebte gespielt.

»Wo? Hier?«

»Ja, hier.«

»Ein bißchen sentimental, das Stück«, hatte er gesagt.

»Ein Stück für die Zukurzgekommenen, wie? Leiden ist Trumpf«, hatte er gesagt. Obwohl er wußte, daß es Blödsinn war. Und Maria war böse geworden, weil sie den Hofmannsthal liebte, und das hatte er ja gerade wissen wollen.

»Es war doch schön«, zitierte sie, »und du bist schuld daran, daß …«

Naja. Nun ist's gut.

Sonderbar, wie wenig er damals verstanden hatte.

Und dann redeten die Mädchen wieder unentwegt weiter. Er saß schweigend, sah Maria an und den Raum, in dem sie lebte. Er kannte es nun schon alles auswendig nach den paar Stunden. Es war unbeschreiblich schön, einfach so in der Ecke zu sitzen und alles zu sehen, das Innen aller dieser Dinge. Wie oft hatte er später noch in seiner Ecke ihres Zimmers gesessen, in guten und bösen Stunden.

Jetzt aber saß er allein auf dem Schlauchboot, und es war zu spät.

Zu spät? überlegte er. Was heißt ›zu spät‹? Für Maria zu spät? Maria ist tot. Für mich zu spät? Ich lebe noch. Für die bösen Stunden zu spät, natürlich. Und was nun?

»Ich lebe noch«, sagte er und atmete einige Male tief. Blieb ihm nicht noch ein wenig Zeit übrig? Hier auf diesem alleinen Schlauchboot?

Es war wieder dunkel geworden. Die Sterne schienen nicht so klar wie in den Nächten vorher. Ein leiser Dunstschleier lag vor ihnen im Himmel und machte ihr Licht gedämpfter und nicht so kalt.

Er legte das Bild von Betsy wieder zurück in die Brieftasche und las ihren Brief nicht. Es ging nicht, er durfte den Brief nicht lesen. Wegen des Einarmigen nicht, und um Betsy nicht zu nahe zu kommen. Außerdem war es zu dunkel geworden. Er lag auf dem Rücken und sah wieder in den Nachthimmel. Er fühlte sich sentimental werden.

Ein Mensch guckt in den Himmel und wird gefühlvoll, dachte er und rettete sich wieder dorthin, wo er glaubte sicher zu sein. Das kommt von den Maria-Gedanken, dachte er weiter. Das kommt von den Minderwertigkeitskomplexen den Sternen gegenüber. Nach dem Motto: ich bin so klein, und ihr seid so unendlich weit entfernt, ich bin so winzig und das Weltall so groß. Der ›Odem‹ des Universums, die Ehrfurcht vor der Unendlichkeit, der Gott hinter der Milchstraße, der kleine Mensch, der unbedeutende, dem allen ganz allein gegenüber.

Er lachte. Er amüsierte sich wieder.

»Klein-Ließchen-Müller-Gedanken«, sagte er wieder laut. »Die Auslassungen der Philosophen aller Zeiten sind nichts anderes!«

Er sprach immer lauter.

»Die umschreiben es nur anders und denken konsequenter darüber nach und schriftstellern mit vielen Fremdworten das, was sie auch nicht wissen. Homo singularis vis-à-vis der Größe X. Na also. Es ist immer dasselbe. Immer. Unendlich wiederholt. Im Grunde ist alles dasselbe.«

»Alles ist Eines!« sagte er noch lauter. »Wer Griechisch kann, sagt ›εἵ‹ dazu und dafür. Was nützt es?« fragte er.

»Nichts«, antwortete er sich zufrieden. »Übrigens ein listiger Gedanke: Ließchen Müller gleich Plato, Eva Meier gleich Konfuzius, Emil Krause gleich Goethe. Immer dasselbe. Nur die Form der Äußerung ist anders. Eine Funktion, mathematisch ausgedrückt. Haha. Funktion, das ist auch so ein Wort! Und nur der Grad der Differenzierung dieser Funktion macht dann die Qualität des Menschen aus?«

Er wurde immer hohnvoller, und seine Gedanken wuchsen. Er wußte, daß und wie die Dinge übereinstimmten oder nicht übereinstimmten, und er begeisterte sich an ihren verschiedenen, verschiebbaren Perspektiven. Und er wurde böser, weil er allein war und sich nicht anders helfen konnte. Er wollte sich auch gar nicht anders helfen oder gar helfen lassen, er wußte klar und genau, daß er es nicht wollte, denn es wäre sonst zu einfach gewesen und hätte garantiert eben nicht geholfen, weder zum Leben noch zum Sterben.

»Das geht hier nicht mehr«, sagte er.

Und dann erschrak er.

»Vielleicht ist das Primitivste das einzig Mögliche?« fragte er sich. »Vielleicht ist das Abschätzen und Benutzen der

Tatsachen im Sinne der Zivilisation die alleinige Möglichkeit? Sonst geht man automatisch vor die Hunde? Sonst ist es nicht tragbar, das moderne Leben, das fortschrittliche?«

»Keine Ressentiments«, sagte er und wiederholte lauter: »Keine Ressentiments, bitte sehr! Die führen zu nichts.«

Aber, zu was sollte ›das Andere‹ denn führen? überlegte er weiter. Ich bin allein, und was sollte mich wohin führen? Antwort bitte!

»Keine Antwort?«

Pause.

»Wer sollte auch antworten«, sagte er wieder leiser. »Ich selbst etwa? Lieber Himmel!«

Er begann wieder zu lachen.

»Spekulationen und Gedanken: das echte Leben besteht aus Handlung und Tat. An ihren Ergebnissen sollt ihr sie erkennen, heißt es nicht so? Man kann kein Stück ohne Handlung aufführen, sonst wird es langweilig im Theater. Was interessieren Ideen und Gedanken? Meine Herren, das Gedachte muß sichtbar gemacht werden, Bilder müssen hierfür erfunden werden, bitte das Gedachte an dramatischer Handlung aufzeigen! Zum Teufel sagte er, »es widert mich an. Was hilft das alles hier? Hier bei mir, während ich langsam und sicher verdurste und nur noch wenig Zeit habe? Ich kann mich nicht mehr großartig um eine Handlung oder Dramatik im Sinne der Literaten oder sonstiger Lebenskünstler kümmern. Hier sind andere Dinge wichtig und allein gültig.«

»Gültig!« rief er heftig, »gültig! Menschenskind, du bist

allein auf diesem verfluchten Schlauchboot und stirbst, welchen Blödsinn redest du zusammen? Was sollen diese Konstruktions-Versuche? Es ist ganz einfach«, rief er, »ekelhaft einfach ist es: du stirbst, mein bester Freund, und willst dich rechtfertigen. Also wird geredet, nicht wahr? Also wird geschwätzt, wie? Du tust, als wärest du im Parlament und brächtest eine Vorlage auf deinen eigenen Tod ein!«

Seine Gedanken verwirrten sich mehr und mehr. Er hatte vergessen, seine Abendration zu trinken. Der Durst war in ein Stadium getreten, da er nur im Unterbewußtsein vorhanden war, er war jedoch nur um so gefährlicher. Nicht einmal an die Zigaretten hatte er gedacht.

Jetzt lag er nur auf dem Rücken, sah in den Himmel und lachte über die mangelnde Dramatik und Handlung des von ihm gespielten Dramas. Zwischendurch horchte er auf das, was in seinem Körper vor sich ging, wie die Schwäche in Armen und Beinen saß und alles schwer machte. Ihm fielen hunderttausend Dinge seines Lebens ein, und er setzte sie, nahezu wollüstig, in ein ganz besonderes Verhältnis zu seinem augenblicklichen Zustand. Es machte ihm Spaß, sich selbst zu quälen.

Er erinnerte sich, und nichts geschah. Die Bilder zogen an ihm vorüber, böse und gute, schöne und widerwärtige Bilder, doch es geschah durchaus nichts. Die Sterne funkelten poetisch, und die See lag malerisch und unbewegt, und es war unheimlich still ringsum, und nichts geschah. Der Horizont war völlig frei im Licht des untergegangenen Tages.

Nichts geschah.

Die Sterne wanderten langsam in ihren gekrümmten Bögen über den Himmel, und der Andere trieb unmerklich im Atlantik nirgendwohin. Der Mond erschien und hatte nur eine schmale, durchsichtige Sichel, zunehmend. Dann, gegen Morgen, verblaßte auch diese kleine Sichel wieder, und der Andere sah es nicht mehr, da er schlief. Er war eingeschlafen. Trotz allem.

UND ER WAR WIEDER AN BORD SEINES U-BOOTES, UND SOeben war die Funkmeldung gekommen. Nun lief das Boot mit hoher Fahrt auf den gemeldeten Geleitzug zu.

Es war wie immer, die Diesel sangen im Diskant, und das Boot bebte vor Kraft, der Turm nahm viel Wasser über, und das Vorschiff wuchtete manchmal so schwer in die See, daß man Angst bekommen konnte, es käme niemals wieder hoch. Sie standen nicht weit ab von der Südspitze Grönlands, und es war hundekalt, oben in Anton Karl standen sie, dieser sauren Gegend, wo es immer Zunder gab.

Im Boot war Ruhe. Die Besatzung schlief, und nur die Wache auf dem Turm suchte mit den schweren Gläsern unentwegt Himmel und Horizont ab. Der leitende Ingenieur saß in der kleinen O-Messe, war schweigsam und verfressen wie immer und geigte Partien aus dem Brahms-Konzert. Vorn, am vorderen Rohrsatz, hockte der Torpedomaat neben seinen Aalen, kontrollierte sie zum hundertsten Male und las zwischendurch seine ewigen Kriminalschmöker. Außer Torpedos, Mädchen und Büchern gab es nichts in seinem Leben.

Gegen Mitternacht waren sie an den Geleitzug herangekommen. Es war stockdunkel. Die Nacht wurde nur gelegentlich von einem brennenden Dampfer erhellt, und man konnte dann die Situation einigermaßen übersehen. Also waren bereits andere U-Boote da und hatten schon angegriffen. Der Geleitzug kurbelte wild durcheinander. Es hatte schon Kleinholz gegeben.

Die Besatzung war auf Gefechtsstationen, die Torpedos klar, und oben auf dem Turm lauerte der erste Wachoffizier hinter der Zielsäule. Der Erste war Pfarrer von Beruf, nunmehr also Reserveoffizier, und hatte sich freiwillig gemeldet. Nach dem Grundsatz: liebet eure Feinde. Für ihn war der Krieg zu einer Art Privatrache geworden, denn die Bomber hatten ihm nicht nur seine Kirche und sein Haus zertrümmert, sondern auch seine Frau in die ewige Seligkeit befördert. Das hatte er nicht gemocht und war böse geworden. Auch fleißiges Lesen im Buche Hiob hatte damals wenig genutzt. Wenn er jetzt einen Torpedofächer schoß, sagte er ein jedes Mal: ›tuet Gutes allen‹, und für jedes versenkte Schiff trank er einen guten Cognac und malte ein schönes Kreuz in sein neues Testament, hinten auf der letzten Seite. Er war sich jedoch völlig klar darüber, was er tat.

Jetzt also suchte er sein Ziel.

Das Boot lief an zum Schuß. ›Feuererlaubnis‹, sagte der Kommandant. Aber noch ehe geschossen werden konnte, mußte das Boot hart abdrehen und türmen. Ein Zerstörer hatte sie gesehen und schoß wie verrückt, in Lage Null kam er auf sie zu. Sie mußten weit ausweichen und hatten die Hoffnung für diese Nacht bereits aufgegeben, als sie in der ersten Morgendämmerung einen riesigen Tanker ausmachten, der anscheinend havariert war und ohne Fahrt dalag, bewacht von zwei Korvetten.

Sie schlängelten sich unbemerkt heran, und der Pfarrer schoß drei verbundene Einzelschüsse aus 400 m Entfernung. ›Tuet Gutes allen‹, sagte er, ›der dürfte erledigt sein‹. Bereits beim ersten Treffer flog der Tanker in die Luft. Weg war er. Eine riesige Explosion. Er hatte sicherlich Benzin geladen. Es war ihnen vollkommen unbegreiflich gewesen, wo das Schiff abgeblieben war, obwohl sie es doch gesehen hatten. Einfach verschwunden in dem wahnsinnigen Feuerball.

Aber dann mußten sie schnell tauchen, da der Tanker, in seine Einzelteile zerlegt, wieder aus dem Himmel zurückkam. Sie waren zu nahe dran gewesen. Wenn ein Bruchstück ihr Boot traf, waren sie erledigt. Also Alarmtauchen. Von dem Tanker war kein Mensch heruntergekommen, es war zu blitzartig gegangen.

Sie tauchten also. Der erste Wachoffizier malte ein besonders schönes Kreuz in sein Neues Testament und trank den üblichen Cognac.

Das Boot war auf Sehrohrtiefe geblieben. Es war inzwischen hell geworden. Die beiden Korvetten warfen noch einige Wasserbomben blindlings in die Gegend und verzogen sich dann, es schien ihnen nicht geheuer zu sein.

Und dann, gerade als sie neue Torpedos nachgeladen

hatten, erschien ein Passagierdampfer im Sehrohr, ein Lumpensammler, wie die Dampfer hießen, die hinter den Geleitzügen herfuhren und die im Wasser treibenden Leute der in der Nacht abgeschossenen Schiffe aufzunehmen hatten.

Also alles wieder auf Gefechtsstationen. Also Angriff.

Der Dampfer lief schön in das Fadenkreuz und sackte nach dem ersten Treffer im Heck achtern weg. Der nächste Torpedo traf zwischen Brücke und Schornstein. Der Dampfer brach auseinander und soff schnell ab. Im Wasser schwammen viele Menschen, sehr viele Menschen. Das war nicht gut anzusehen. Die See war sehr rauh. Lange würden sich die Leute nicht im Wasser halten können.

Als sie, getaucht, langsam abliefen, erschienen plötzlich drei Zerstörer. Sie kamen genau auf das Boot zu. Das Boot ging schnell auf große Tiefe. ›A plus 120‹, sagte der Leitende und dirigierte die Tiefenrudergäste mit seinem Fiedelbogen. ›Jetzt gibt's Hiebe.‹

Im Horchgerät hörten sie die Zerstörer unentwegt näher kommen. Die kümmerten sich überhaupt nicht um ihre Leute im Wasser, die griffen an, das waren alte, erfahrene Hasen, na, das konnte ja nett werden. Pickpick, da war ihre Ortung, ihr Asdic hatte das U-Boot aufgefaßt, und nun lief der eine Tommy an zum Wasserbombenwurf. Verdammt genau kam er. ›Beide AK, hart Steuerbord, vorne Mitte, hinten unten fünf‹, kam der Befehl, und dann knallte auch schon die erste Wabo-Serie, genau über dem Boot und sehr nahe. Die Wasserstandsgläser brachen, die

Sicherungen fielen heraus. Und da lief schon der nächste Tommy an, deutlich hörte man seine Schrauben. Jetzt war er genau über ihnen, die Wasserbomben fielen …

… und mit einem irrsinnigen Schrei wachte der Andere auf. Er schwitzte. Es dauerte einige Zeit, bis er wußte, wo er war, und daß er nur geträumt hatte, und daß alles bereits vergangen war.

Die Sonne stand schon sehr hoch am Himmel. Er hatte weit in den Tag hinein geschlafen.

Sein Herz schlug heftig, und der scharfe Knall der nahen Wasserbomben dröhnte noch in den Ohren. Vor den Augen hatte er noch das Bild der schwimmenden Menschen und die Umrisse der Zerstörer, als sie das Boot anliefen.

Und jetzt?

Er schnaufte. Jetzt konnte er nicht einfach tauchen. Jetzt saß er auf dem Schlauchboot, und die Sonne brannte wie der Teufel persönlich, und es war sonst nichts weiter da. Nichts, absolut nichts. Nur Wasser und Himmel und die leere Kimm und das Schlauchboot und er mit seiner entzündeten Kehle. »Nichts in Sicht, mein Lieber«, sagte er.

Oder? Dort drüben an Backbord schwamm doch etwas?

Der Andere strengte seine Augen an, bis sie noch mehr schmerzten. In der flirrenden Sonne auf dem Wasser war nichts Genaues zu erkennen.

Bis er es endlich erkannt hatte. Das war der Einarmige, der da drüben trieb.

Also der Einarmige.

Der Andere legte den Kopf auf die Knie, hockte sich zusammen und versuchte vor dem zu fliehen, was da auf ihn zukam, was in ihm selbst kam, und was von außen kam. Er kniff die Augen zusammen, um nichts zu sehen. Er nahm die Arme um den Kopf und wandte sich ab. Es nutzte jedoch nichts. Der Einarmige war da und blieb. Dort drüben schwamm er! Warum schwamm er dort? Konnte er nicht endlich verschwinden? ›Die Toten greifen immer an‹, fiel ihm wieder ein, und eine kalte, zynische Wut auf den Toten erhob sich.

Seine Gedanken wurden von diesem einzigen Wunsch, den er jetzt hatte, verwirrt, konzentrierten sich anders und liefen dwars. Nur einen Wunsch hatte er: der Einarmige sollte verschwinden, schnell und sofort. Aber, was konnte er, der Andere, tun? Wie konnte er ihn fortbringen?

Ihm fiel die Flasche ein.

Da, hier, erst austrinken, mein Gott, die Kehle schluckte und der Schnaps brannte, hört der Whisky denn niemals auf?

Er hielt die leere Flasche unter Wasser, um sie wieder vollaufen zu lassen. Wie es gluckerte, und das warme Wasser an den Händen, nun frieren sie wieder, o verdammt, und wo ist der Einarmige?

»Jetzt schön zielen, langsam, mein Freund!« sagte er und wog die Flasche in der Hand. Sie war voll und schwer und fühlte sich rund an. Er holte aus.

Jetzt?

Jetzt also: Wurf.

Er warf. Aber die Entfernung war natürlich zu groß. Die Flasche fiel mit einem dummen Plumps viel zu kurz vor dem Einarmigen in das Wasser und versackte sofort.

Der Andere tanzte wütend um sich selber. Das Schlauchboot schaukelte, und fast wäre er gefallen und außenbords gegangen.

»Warte, du Hund!« schrie er. »Dich wollen wir schon unter Wasser bekommen! Dir werde ich's zeigen!« schrie er besinnungslos vor Wut, ergriff das Paddel und ruderte wild auf den Einarmigen zu.

Durst und Schwäche fühlte er nicht mehr vor Erbitterung. In seinem Schädel war ein hohler Raum, der seinen Armen befahl, in Richtung auf den Treibenden hin zu rudern. Er spürte seine Arme nicht, und plötzlich war auch der Schweiß wieder da auf seinem ausgetrockneten Körper, plötzlich rann es wieder. Seine Lungen glühten, und er spürte nichts. Gar nichts empfand er. Manchmal richtete er sich auf und peilte den treibenden Einarm an, schrie ein paar Worte und ruderte dann weiter, stöhnend vor Anstrengung.

Mehr und mehr überschwemmte der Alkohol sein Gehirn. Er hatte den ganzen Rest der Flasche ausgetrunken, und nun zerfloß der Schnaps in seinem leeren Magen, drang durch ihn hindurch, wurde groß und überschwemmte alles und ließ die Kraft aufschnellen.

Seine Arme windmühlten mit dem Paddel. Das Schlauchboot war naßgespritzt von dem Wasserschlagen, doch immer behielt er die Richtung auf den Einarmigen hin genau und ohne Abweichung im Auge.

Bis er neben dem schwimmenden Toten angekommen war.

Er hörte auf zu rudern, erhob sich und brauchte einen Augenblick Zeit, bis er sein Gleichgewicht gefunden hatte. Er hob das Paddel hoch auf und wollte den Einarmigen zerschlagen, so, daß das Gas aus ihm ginge und er in der Tiefe verschwände.

Im Augenblick des Zuschlagens jedoch hielt er ein. Irgend etwas klammerte seinen Arm fest. Er ließ das Paddel fallen.

Weil er den Einarmigen angesehen hatte, und nun ging es nicht mehr. Der Einarmige war wieder der Einarmige und nicht mehr der Tote. Er hatte sich wieder zurückverwandelt.

Das Paddel lag nun im Schlauchboot, und der Andere stand mit dem Kopf nach unten gerichtet und starrte auf den Einarmigen.

Der Einarmige trieb still für sich hin. Der Andere und das Schlauchboot gingen ihn nichts an. Er war uninteressiert an dem, was da versuchte, an ihn heranzukommen. Sein gesunder Arm hing nach unten, wies in die Tiefe. Natürlich, auf dieser Seite war der Körper schwerer. Und die leichte Seite, der Armstumpf, ragte aus dem Wasser und zeigte in den Himmel. Das Gesicht des Einarmigen lag ebenfalls auf der Seite, die eine Hälfte unter Wasser, die andere Hälfte trocken in der Luft. Das Gesicht. Das Gesicht war es gewesen, welches ›Halt‹ gesagt hatte. Das Gesicht und nicht der Armstumpf, so schrecklich und ekelerregend dieser auch aussah. Nein, der war es nicht gewesen. Sondern das Gesicht. Das, was im Gesicht des Einarmigen war. Nun ging es nicht mehr.

Das Gesicht des Toten war ruhig und hatte einen anderen Ausdruck als damals, als er noch lebte und später dann tot und noch bei ihm gewesen war an Bord des Schlauchbootes. Ganz anders war das Gesicht, es war vergangen und *mehr* als nur ›tot‹. Die Augen waren offen und sahen waagerecht über die Wasseroberfläche hin. Jedenfalls das eine Auge, welches der Andere sehen konnte. Und das andere Auge unter Wasser?

Schnell an etwas anderes denken, dachte der Andere.

Das Gesicht des Einarmigen war so, als sage er nur: ›Nun, nun, mein Alter, nun bleib schon vernünftig, wer wird sich denn so gehenlassen! Das darfst du doch nicht, was soll denn sonst aus dir werden? Come on, old man, be careful and keep your mind!‹

Der Andere beobachtete argwöhnisch das Gesicht des Toten, ob es etwa lächele oder sich vielleicht über ihn lustig machte. Doch das Gesicht blieb ruhig und überlegen, der Andere konnte nichts feststellen. Er sah den Einarmigen nur in seiner Einsamkeit dahintreiben. Er versuchte, wie früher, böse zu werden und hohnvoll zu lachen; doch es gelang ihm nicht, und er war froh, daß es ihm nicht gelingen wollte. Und trotzdem tanzte der Alkohol in seinen Gehirnwindungen. Alles erschien unwirklich und war ein wahnsinniger Traum.

Er setzte sich auf die Seite des Schlauchbootes und ließ

seine Beine außenbords baumeln, im Wasser, und sah auf den Einarmigen.

Da trieb er also. Im Wasser.

»Lieber Einarmiger«, sagte er. »So sitze ich nun hier und sehe auf dich. Ich lebe noch. Wie lange noch? Wie lange dauert es noch, und ich schwimme im Wasser, so wie du hier?«

Da trieb der Einarmige. Seine Beine zeigten schräg nach unten, leicht gegrätscht.

Und dann wurde dem Anderen schlecht. Er hatte unter dem Körper des Toten kleine, heringsartige Fische entdeckt und sah, wie sie mit ihren runden Mündern und Schnauzen an den schwebenden Körper stießen und den gesunden Arm bereits angefressen hatten.

Der Alkohol im Magen des Anderen begann wieder mit der Bewegung. Er krümmte sich ein wenig zusammen. Dann stieg er schnell wieder in das Schlauchboot zurück, holte tief Luft, um seinem Magen Raum zu geben und ruderte dann, so schnell er irgend konnte, fort von dem angefressenen Toten. Er saß mit dem Rücken gegen den Schwimmenden gekehrt und hatte das Gefühl, als folge ihm dieser. Er ruderte und paddelte wieder voller Angst und Ekel und mit dem vielen Alkohol im Blut, schnaufend und stöhnend und ohne klaren Gedanken als nur: fort von hier.

Die Sonne stand kurz vor Mittag, als er aufhören mußte. Er konnte nicht mehr. Es ging einfach nicht mehr, trotz aller Willensanstrengung. Er war fertig, völlig fertig und ausgepumpt. Er hatte aufgehört und hockte in der einen Ecke des Schlauchbootes, schluchzte vor Erschöpfung und wagte nicht, sich umzusehen, nachzusehen, ob der Tote noch nahe hinter ihm war, ob er überhaupt noch da war, wie weit er von ihm entfernt war, ob der Einarmige ihn etwa verfolgt hatte … vielleicht saß er sogar hinter ihm und war an Bord gekommen?

Mit einem Ruck drehte er sich um, bereit zu schreien und zu schlagen. Doch es war niemand da. Nichts war da. Nichts. In ihm und um ihn: nichts.

Sein Atem pfiff von der Anstrengung, und der Körper war taub und wie beiseitegestellt von der Schwäche.

»O mein Gott«, dachte er nur und immer wieder.

Bis auch dieses aufhörte und der Schnaps in ihm völlig die Oberhand gewann und den Rest der Vernunft beiseite trieb.

Er begann zu phantasieren, lachte manchmal hoch und schief, und vor den Augen erschienen violette und rote Farbringe.

Seine Gedanken blähten sich auf und begannen sich über das zu amüsieren, was soeben gewesen war. Es wurde ihm alles gleichgültig. Er sang, wunderschön und falsch und langgezogen und mit Doppeltrillern auf den hohen Tönen verziert. ›O du mein lieb Heimatland‹, sang er. Und ›Wem Gott will rechte Gunst erweisen‹, und er ergänzte den Text auf die volkstümliche Art. Es war gleichgültig, was er sang, und ob es stimmte. Es stimmte, was er sang.

»Es stimmt, hörst du!« rief er.

Und es war Weihnachten, Kinderlein kommet, und ›O Tannenbaum‹, sang er, ›wie braun sind deine Blätter‹. »Das kommt von der Partei«, sagte er, »die braunen Blätter.«

Er verschluckte sich vor Lachen.

»Braune Weihnacht im Atlantik«, sang er und schnörkelte die Melodie.

Unvermittelt hörte er auf zu singen. Er erhob sich ein wenig torkelnd und hielt den Finger an die Nase. Er suchte nach Deutlichkeit, und als er sprach, schnitt ein Messer durch seine Kehle.

»Du bist betrunken, teurer Freund!« sagte er zu sich und verbeugte sich. »Na sowas!«

Es wurde ihm zu warm. Er riß sich das Hemd vom Leib und zog die Hosen aus. Dreimal verfluchte Sonne. Nakkend stand er mitten im Schlauchboot und schrie die Sonne an. Den Einarmigen hatte er vergessen. Jetzt brachte ihn die Sonne in Wut und erbitterte ihn die Hitze.

»Du willst mich erledigen, was?« schrie er die Sonne an. »Bilde dir bloß nichts ein, du mit deinem Feuer! Woher hast du denn dein Feuer, hee? Was kannst du denn sonst noch? Na, woher hast du das Feuer? Also? Ich warte. Keine Antwort?«

Er wartete. Die Sonne schwieg.

»Dann werde ich es dir sagen!« schrie er, und seine Stimme überschlug sich. Im Rachen schnitt und brannte das Messer. Er dämpfte seine Stimme. Wegen des Schmerzes, und weil er sich selbst zu laut geworden war für das, was er sagen wollte.

»Ipsation nennt man das!« sagte er geheimnisvoll, legte den Finger wieder an die Nase und blickte starr genau in die Sonne. »Ipsation, meine Liebe, die Schaffung der Energie aus sich selbst heraus nennt man so. Oder bist du etwa ein Hermaphrodit? Oder hat dich irgendein ›Deus ex machina‹ befruchtet? Nein? Na siehst du!«

Seine Stimme hob sich wieder und wurde schief: »Das bist du also. Und du willst mich verbrennen? Du als Schöpferin allen Lebens? ›Dea solis‹, was?«

Der Andere schüttelte sich vor Lachen. Haha. Da soll man nicht lachen, nicht wahr?

Er konnte sich nicht beruhigen. Der Lachanfall wurde zum Krampf. Er wand und krümmte sich. Der Leib war ein Feuermeer. Es brannte knackend, bohrte und stach und wälzte sich klirrend von unten herauf.

Er lag auf der Gräting an Deck und preßte die Arme um die Knie. Doch es half nichts. Es trieb herauf und drückte. Sein Bauch war ein Stein, hart und unbarmherzig. Die Beine zuckten, und die Arme konnten nicht mehr festhalten. Der Kopf wackelte und schüttelte. Und dann übergab er sich. Er fühlte genau, wie es aufstieg, und er weinte vor Zorn. Doch da war nichts zu machen. Er versuchte, etwas Furchtbares zu schreien. Doch der Schrei erstickte in dem, was aus seinem Magen heraufkam.

Sein Kopf kippte um und fiel zur Seite. Er fühlte sich davonschweben, irgendwohin, mein Gott, schweben, wie schön. Den Körper und den Stein und das Feuer und die Messer gab es nicht mehr.

»Ich falle«, versuchte er zu sagen. »Wie schön!« Dann ließ er sich seufzend fallen.

Aus seinem Mund, über die Lippen kam es grün und gallig und giftig. Doch er sah und spürte es nicht mehr. Er schwebte nur, und es war schön, wunderbar schön. Eine zarte, süße Musik klang auf. Es umfing ihn etwas. ›Mein Liebling, was ist nur‹, versuchte er zu denken, vielleicht war es Maria? Doch er konnte nichts mehr erkennen. Nur die Musik klang, tief und groß und herrlich und nahm ihn fort und ein weiter Raum tat sich auf, warm und sanft. Von ferneher ein langes Echo.

Der Andere hatte das Bewußtsein verloren. Er lag auf dem Boden des Schlauchbootes. Er war nackt. Das Erbrochene rann in dünnen Fäden über seinen Körper und wurde schnell von der Sonne aufgetrocknet. Es blieben nur kleine, bröckelnde Krusten auf der Haut übrig.

Das Gesicht des Anderen war schön und entspannt.

Der Einarmige trieb in gleichbleibender Entfernung vom Schlauchboot im Wasser. Er näherte sich dem Schlauchboot nicht, und er entfernte sich nicht. Nur seine Peilung veränderte sich gelegentlich: ein bißchen mehr voraus, dann wieder mehr achteraus, wie es gerade so kam.

So trieben sie nebeneinander her, der Tote und der Andere. Der Horizont war klar und frei. Es war nichts in Sicht.

4

Die Ohnmacht verließ ihn nur so weit, daß sich allein der Rauschzustand in seinem Bewußtsein bewegte.

Er fühlte sich wohl. Im Körper war eine angenehme Wärme, und die Hitze von außen spürte er nicht. Der Durst war unter dem Alkohol wie unter einem Mantel verborgen. Die Gedanken schwebten wunderbar; wenn er die Augen geschlossen hielt, schwankte es im Kopf leise hin und her. Es war so schön, daß er sich nicht bewegen mochte. Im Ohr klang und summte es. ›Da denkt jemand an mich‹, hatten sie als Kinder immer gesagt.

Gleich kommt jemand und sagt ›Aufstehen!‹, dachte er. Und ich bin doch noch so schön müde.

Er atmete tief durch.

›Wo hast du nur soviel getrunken?‹ versuchte er sich zu erinnern. Wo war er nur gewesen?

Er überlegte angestrengt, doch es fiel ihm nicht ein. Bei ›Chez Elle‹ etwa? Oder in der Atlantik-Bar? Und wer war eigentlich noch dabeigewesen?

Er tastete vorsichtig neben sich: vielleicht, daß da jemand neben ihm schliefe? Vielleicht ein Mädchen, das er gestern abend irgendwo aufgegabelt hatte? Oder sonst jemand? Nein. Es war niemand da.

»Das ist gut«, sagte er. »Gut so, alter Junge«, sagte er. »Das passiert uns nicht noch einmal, wie?«

Er versuchte, sich zu konzentrieren. Doch seine Gedanken liefen durcheinander und voneinander fort.

Ich muß zurück an Bord, dachte er. Kinder, wann laufen wir eigentlich aus? Wenn ich nur wüßte, wo wir gestern abend gewesen sind? Charlie sah ich noch, ja, der saß auf dem Rinnstein, ohne Jackett und Schuhe und mit einer Katze im Arm. Charlie, wenn die Streife dich erwischt, sei vorsichtig, und sauf nicht soviel. Ist doch nicht gut, Charlie! Nun sitzt du da im Rinnstein und erzählst der Katze deine Geschichten von damals, als du noch Navigationsoffizier auf der ›Columbus‹ warst. Trink nicht mehr soviel, hörst du! Wenn ich nur wüßte, wo wir gestern abend gewesen sind.

Er horchte einen Augenblick auf. Was war da für ein Brummen? Da brummte doch etwas?

Das sind sicherlich die Lüfter. Der Obermaschinist lüftet das Boot durch. Recht so. Wie spät ist es eigentlich? Wurde oben an Deck schon Reinschiff gemacht?

Er war zu faul, die Augen zu öffnen und auf die Armbanduhr zu sehen.

Es wird noch früh genug sein, dachte er und lächelte dann. Wo nur Maria bleibt? Sie kommt morgens doch immer noch gerne auf einen Husch zu mir in die Koje gekrabbelt. Wieviel Urlaubstage sind eigentlich noch übrig? Nicht daran denken, Lieber. Sei nicht so albern, Maria! Kleine Mädchen darf man am kühlen Morgen nicht frieren lassen, na, denn komm schon. Seit wann hat denn mein Schlafzimmer einen Lüfter? Ist dir noch kalt, Maria? Aber da brummt doch etwas?

JEDER DER VIER MOTOREN EINES VIERMOTORIGEN BOMBERS hat circa 2000 PS. Die mitgeführte Bombenlast richtet sich nach der Länge der befohlenen Flugzeit. Aufklärungsflüge sind in der US-Airforce nicht gerade beliebt, ein langweiliges Geschäft und wenig aufregend.

Die Maschine war am Vormittag gestartet. Die Männer der Besatzung dösten vor sich hin, mit Ausnahme des Piloten natürlich. Die Küste war bald außer Sicht gekommen. Und nun war nur noch Wasser ringsherum unter ihnen. Sie sollten einen Aufklärungsfächer in den Mittelatlantik fliegen, so ein silly business. Neulich allerdings hatte die Staffel eine Maschine verloren, weiß der Teufel, wo sie abgeblieben war. Zwei Tage lang hatte die ganze Gruppe gesucht und gesucht und nichts gefunden.

Nun, jetzt flogen sie also ihre müde Aufklärung, U-Boot-Jagd freigegeben. Heute abend würden sie wieder zu Hause sein. Immer das Übliche. Das nennt sich nun Krieg! To hell with bloody Hitler.

Das Radargerät war eingeschaltet und zeigte nichts an. Was sollte es auch anzeigen? U-Boote standen hier unten nur ganz selten und vereinzelt und waren kaum zu fassen, zumindest nicht bei dieser superklaren Sicht.

Sie hatten gegessen. Der Bombenschütze brühte einen starken Kaffee auf. ›Coffee ready‹, sagte er durch und kam nach vorne gekrochen. Der Pilot schaltete die Kurssteuerung ein, der Funker kam aus seinem Kabäuschen, und die anderen versammelten sich ebenfalls alle um den Kaffee.

Der Navigations-Sergeant reichte Zigaretten herum, und es war schön gemütlich.

Dann wurde es Zeit für die Kursänderung auf 180 Grad. Jeder ging wieder auf seine Station. Sie suchten den Horizont und die Wasseroberfläche ab, doch es war schon nichts mehr in Sicht. In drei Stunden dann wieder Kursänderung Richtung Heimat. ›Das hätten wir geschafft‹, sagte der Funker und gab die Standortmeldung an die Flugleitung ab. Alles okay. Es ging wieder nach Hause, und die Besatzung träumte vom Abend.

Mabel wird warten, dachte der erste Pilot, sie ist wirklich zu ängstlich. Was es wohl zum Abendbrot gibt? Mabel hat immer irgendwelche netten Überraschungen im Hintergrund. Freddy, der Bombenschütze, hatte Sorgen wegen seines Nachwuchses. Das Baby konnte jede Stunde ankommen, und Mary hatte ein so schmales Becken, wenn das nur gut ginge.

Der Funker hatte eigentlich niemanden zu Hause. Doch wußte er genau, wohin er gehen würde. Das Chefmädchen vom ›Blue Chinese‹, die mochte ihn. ›No other man‹, hatte sie gestern noch gesagt, und oh boy! Die hielt ihr Wort!

Achtern, der Heckschütze, ist ein Spinner, dachte Freddy und mochte ihn trotzdem gern leiden. Der liest alte englische Gedichte und französisches Zeug und Bücher von den verdammten Krauts, die Namen konnte kein zivilisierter Mensch behalten. Na, laß ihn.

Gegen Abend setzte der Bomber zur Landung in seinem Heimathafen an. Es war alles klargegangen: Auftrag erfüllt und nichts gesehen.

Jeder von der Besatzung ging nach Hause oder dorthin, wo er glaubte hinzugehören. Der Funker trank mit dem Chefmädchen einen großartigen Champagner, Freddy hatte inzwischen einen Jungen bekommen, und Mary ging es sehr gut, gottseidank. Der zweite Pilot betrank sich in Einsamkeit und meditierte vor sich hin, bis er umfiel. Der erste Pilot schlief bald ein, Mabel lag noch wach neben ihm und betrachtete sein Gesicht. Der Heckschütze konnte noch nicht schlafen und las im Bett.

›Die Totenglocke hat um eins gebimmelt‹, las er.

›Ich bin verschlafen aus dem Traum geschreckt‹, las er.

›Mit Sternen war die Nacht wie nie behimmelt‹, las er.

›Ich sah mein Haupt wie einen Pilz verschimmelt und meine Brust mit Messern ganz besteckt‹, las er.

›Ich schlief, bis mich ein Donnerschlag erweckt.‹

Er schlug im Inhaltsverzeichnis nach. ›Klabund‹, sagte der Heckschütze, ›Never heard of him.‹ Und dann knipste auch er das Licht aus und konnte immer noch nicht einschlafen.

Der Andere hatte das Brummen gehört. Irgendwo ferne brummte es, schwoll an, wurde groß und nahm dann schnell wieder ab.

»Diese ekelhaften Lüfter!« sagte er zu Maria. Und er würde sich nachher beschweren. Nicht einmal hier hatte man seine Ruhe.

»Nicht einmal im Urlaub kann man ausschlafen«, sagte er zu Maria.

Und dann merkte er, daß Maria gar nicht neben ihm war.

Der Alkohol in ihm wurde schwächer, und die Bilder von früher verflogen. Auch Charlie mit seiner Katze war verschwunden. Es war überhaupt niemand mehr da.

Der Andere öffnete die Augen. Er mußte sich mit aller Gewalt zu dieser Anstrengung zwingen. Er blickte sich um und sah nun auch, daß niemand da war.

Er wußte jetzt wieder, wo er war und wie er war. Er fühlte, wo und wie er lag: unter sich die Streben der hölzernen Gräting und an den Händen das rauhe, porige Gefühl des Schlauchbootgummis.

Die Hitze ringelte sich wie eine Schlange um seinen Körper, breit und widerlich, Windung um Windung. Das Feuer der Sonne traf die innersten Knochen.

Er sah, daß er nackt war. Er schämte sich. Als er die Reste von dem sah, was aus seinem Magen gekommen war, stieß es ihn wiederum. Die braungetrockneten Borkenreste trieben ihm den Speichel in den Mund, Speichel, der kein Naß war, sondern nur ein Würgen.

Er hob den Kopf auf und blickte nochmals den Horizont ab. Hatte es nicht gebrummt? Oder hatte er das Brummen nur geträumt? Natürlich hatte er nur geträumt.

»Natürlich«, sagte er laut und bedeckte seine Nacktheit. Jede Bewegung schmerzte und kostete große Anstrengung. Die Haut schien zu brennen, und er wußte nicht mehr, wann und warum er sich ausgezogen hatte. So ein Wahnsinn, sich nackt in die Sonne zu legen!

»Adam im Paradies«, sagte er, und das Alte in ihm gewann wieder an Macht.

»Adam im Paradies. Er hat den Apfel gefressen, und nun schämt er sich«, sagte er und zog die Hosen wieder an.

Er lachte, als ihm der Gedanke kam: schämt Adam sich vor Eva oder vor der Schlange?

»Dieses Problem wollen wir lieber dem alten Weininger überlassen, wie?« sagte er. »Hauptsache, daß man überhaupt Hosen zum Anziehen hat.«

Er erhob sich. Das Schlauchboot schwankte. Er war unsicher auf den Beinen, und der Kopf schmerzte, als wollte er platzen. Er schnaubte durch die Zähne. Der Durst wühlte im Leib. Er kniete und goß sich Wasser über Kopf und Schultern. Das Seewasser war anfangs scharf wie ein Messer und zog ihm die Haut vom Körper. Aber dann wurde es wunderbar kühl, und der Schmerz ließ nach. Er atmete erleichtert und mußte sich alle Mühe geben, um nicht von dem Seewasser zu trinken. Wenn er dieses Wasser trinken würde, wäre er in ein paar Stunden erledigt, das wußte er genau.

DAS MEERWASSER IST EINE LÖSUNG VERSCHIEDENER SALZE, die ihm den salzig-bitteren Geschmack verleihen. Sein Geruch rührt hauptsächlich von verwesenden organischen Substanzen her. Die Hauptbestandteile des Seesalzes sind: Natriumchlorid (Kochsalz) etwa 77 Prozent, Magnesiumchlorid etwa 10 Prozent, Magnesiumsulfat etwa 5 Prozent. Ein Kilo Seewasser enthält etwa 35 g Salz und ist daher zum Trinken nicht geeignet. In größeren Mengen genossen führt das Meerwasser zu schweren gesundheitlichen Störungen, die bei verdurstenden Personen im Wahnsinn enden. Es entbehrt nicht der Komik, daß man auf dem Meere, umgeben von Wasser, verdursten kann.

Er sah auf zur Sonne. Der Mittag war lange vorbei, und er hatte noch nicht getrunken. Sein Leib zog sich zusammen, als er an den Whisky dachte. Wo war die Flasche?

Dort, wo sie immer gelegen hatte, war sie nicht. Er suchte. Wo konnte die Flasche sonst sein? Er brauchte nicht lange zu suchen, hier war fast nichts, wo überhaupt gesucht werden konnte. Er fand die Flasche nicht. Sie war nicht da.

Er saß auf der Seitenwulst und sah dumm vor sich hin. Wo war die Flasche geblieben?

Als ihm deutlich wurde, daß er nun nichts mehr zu trinken hatte, rann es unter der Haut entlang, und er sah, wie sich die Härchen an den Armen aufrichteten, so, als fröre die Haut. An den Haarwurzeln wölbten sich kleine Hauthügel. Er schüttelte sich. Er konnte seine Gedanken nicht konzentrieren und genau darüber nachdenken, wo die Flasche geblieben sein könnte. Dann begann seine Haut wieder weh zu tun. Das Seewasser war inzwischen von der Sonne aufgetrocknet worden. Und nun spannte die Haut auf Schultern und Armen. In den Haaren auf der

Brust waren schwache, weißliche Konturen vom Salzwasser übriggeblieben.

»Das Wasser verdunstet«, sagte er. »Und ich bleibe übrig. Das Salz der Menschheit.«

Er setzte sich so hin, daß die Sonne seinen Rücken nicht mehr erreichen konnte. So wurde es etwas erträglicher.

»Salz der Menschheit«, wiederholte er. Ein lustiger Gedanke. Und ausgerechnet er?

Dann endlich fiel ihm ein, was mit der Flasche geschehen war. Das ist das Ende, wußte er, und ihm wurde schwindlig.

»Finis omnium«, sagte er. »Vorhang auf zum letzten Akt.« Wie bei Schillern, dachte er. Zum Schluß bleiben nur noch Tote übrig. Nur mit dem Unterschied, daß wir uns nach dem letzten Vorhang nicht mehr verbeugen können. Wie sagten die alten Römer? Plaudite amici. Du hast gut aufgepaßt in der Schule.

Er zündete sich eine Zigarette an. Vier Zigaretten und ein Stück Kaugummi waren nun alles, was er noch besaß.

Er hielt die Zigarette zwischen den beiden Fingern und sah zu, wie seine Hand zitterte.

»Gar nicht so einfach, wenn es so schnell zu Ende geht, wie?« sagte er zu seiner Hand.

Er versuchte, die Hand ruhig zu halten. Es ging aber nicht. Er hielt die Zigarettenhand mit der anderen Hand fest, doch das Zittern war stärker.

Die Zigarette war trocken und knisterte, wenn er an ihr zog. Der Tabakrauch war gedämpft silberblau und schwebte graziös im Licht der Sonne. Auf der Zunge lag ein pelziger Geschmack.

»Das schmeckt, als ob ich Kitt gefressen hätte«, sagte er und rauchte tief durch die Lunge. Bei den ganz tiefen Atemzügen hatte er das Gefühl, als risse die Haut auf Brust und Rücken auf. Trotzdem war es gut so.

Er rauchte und dachte nach. Es mußte jetzt irgend etwas geschehen. Er konnte hier nicht einfach so dasitzen und nichts tun und warten. Die Flasche war hin. Na schön, da kann man nichts machen.

»Man muß immer mit den realen Tatsachen rechnen«, sagte er und grinste über das Zitat aus den Lebensweisheiten seines Onkels. Der war ein praktischer Mann gewesen und hatte es zu etwas gebracht. Auf dessen Worte hatte man sich immer verlassen können.

»Na, denn rechne mal!«

Was blieb ihm also übrig? Verdammt wenig.

Er überlegte: es ist jetzt später Nachmittag. Die Nacht dürfte kein Problem sein, die schaffe ich. Aber der Tag morgen? Ich muß heute nacht wach bleiben, dann schlafe ich morgen den Tag durch, so wird es noch am ehesten gehen. Die nächste Nacht wird auch noch auszuhalten sein. Aber dann?

»Die Zeit geht munter dahin«, sagte er und grinste nicht mehr. »Abend, Nacht, Morgen, Tag, Abend und so weiter. Es geht alles dahin. Und niemand kommt. Die Zeit geht hin, und es ist nichts in ihr, was auch dahingehen kann. Außer mir. Früher konnte man noch alles mögliche innerhalb der Zeit verlieren. Hier verliert man nichts mehr. Nur sich selbst.«

Er horchte auf seinen Atem und zählte die Atemzüge. Jeder Atemzug war unwiederholbar und vorbei. Jeder Atemzug brachte ihn näher.

Näher? Du weißt schon, wohin, dachte er und hörte auf zu zählen. Seine Lungen atmeten emsig weiter, als wäre nichts geschehen.

Er rauchte. Er mußte sofort irgend etwas tun. Er konnte nicht mehr weiter darüber nachdenken, wann es zu Ende sein würde.

Er suchte die Kimm ab. Er stand auf, um besser sehen zu können. Es war jedoch nichts in Sicht. Der Tote fiel ihm wieder ein. Der Einarmige mußte doch noch da draußen irgendwo herumschwimmen? Nein, er war nicht mehr zu sehen.

»Also ganz allein«, sagte er.

»Allein«, sagte er lauter und ganz langsam und horchte dem Klang hinterher.

Er warf den Zigarettenrest außenbords. Wollte er nicht etwas tun?

Er nahm sich die Brieftasche des Einarmigen wieder vor. Den Brief von Betsy tat er beiseite. Den würde er später lesen. Immer langsam voran. Er hatte ja Zeit. Er probierte den Füllfederhalter aus. Der Füller funktionierte ausgezeichnet, kein Wunder, ein Parker 21, siehst du wohl! Er kritzelte auf dem Notizblock und lachte dann, als er feststellte, was er geschrieben hatte. Er hatte natürlich seinen Namen geschrieben. »Der Name ist ja auch das Wichtigste«, sagte er. »Wenn sonst nichts vorhanden ist, den Namen gibt es immer, selbst wenn der Mensch Müller VIII heißt.«

Seine Gedanken hatten sich völlig auf das gerichtet, was er jetzt vorhatte. Doch beobachtete er sich gleichzeitig, so, als stände er neben sich. So, als sähe er einem Fremden zu.

Als er noch eine 10-Dollar-Note in der Brieftasche fand, rief er: »Das hat mir gerade noch gefehlt! Geld! Herr Ober, ein Bier!«

Mein Gott, wie blödsinnig war das, hier plötzlich Geld zu haben! Geld, na, hier war genau der richtige Ort und die richtige Zeit für Geld.

Er besah sich den Schein genau und beroch ihn.

»Der typische Gestank«, sagte er. »Der Gestank, den die Menschen so sehr lieben. Ober! Wo bleibt mein Bier?« rief er. »Können Sie 10 Dollar wechseln?«

»Vorsicht, Vorsicht!« sagte er zu sich, denn die Vorstellung des Bieres machte ihm zu schaffen. Die Vision von vielen Gläsern Bier, golden und von der Kühle außen betaut und mit weißen Häubchen. Er schluckte wieder. Immer an das Geld denken, kombinierte er, so geht es am schnellsten wieder weg. Er roch wieder an dem Geldschein, und der Geruch brachte ihn auch tatsächlich von dem Biergemälde ab. Ein widerlicher Geruch. Ein schöner Geruch.

»Liebes Geld«, sagte er gedehnt und zerknitterte den Schein. Und dann fiel ihm etwas Wundervolles ein.

»Das ist die Zigarette wert!« rief er und zündete den Geldschein mit einem Streichholz an. Dann gab er seiner Zigarette Feuer mit den brennenden 10 Dollars. Er balancierte den Schein an allen Ecken so, daß das Geld vollkommen verbrennen konnte. Während der Schein brannte, stellte er sich die Gesichter der Leute vor. Was sie wohl sagen würden? »Sie sind wohl wahnsinnig geworden!« würden sie natürlich sagen. Und der sonst ganz freundliche Geschäftsmann versuchte, ihm das Geld wegzunehmen. Wenn die Nummer noch unbeschädigt war, tauschte die Bank ihn noch ein. Wen? Den Geldschein oder den Geschäftsmann?

Der Andere unterhielt sich glänzend, und es machte Spaß.

Oder die kleinen Mädchen, die wie der Satan hinter dem Geld her waren? Ach wo, die Leute würden ihn einfach einsperren lassen. Wer Geld verbrennt, der ist verrückt. Das ist doch klar. Ein Narr, wer Geld verbrennt. Und dann, sieh mal die Augen von den Leuten! Da geht Geld verloren, sagen die Augen, gib's lieber mir, lieber mir, mir, mir …

Das sind reichlich pathologische Züge in deinen Gedanken, stellte der Andere vergnügt bei sich fest. …aber die Augen der Leute, wie Saugnäpfe auf das Geld hin: wo hatte er diese Augen denn schon einmal in aller Deutlichkeit gesehen? Die kannte er doch?

NATÜRLICH, IN ZOPPOT WAR ES GEWESEN, NOCH ZIEMLICH am Anfang des Krieges. Im Spielkasino.

Er spielte Baccarat und hatte keine Ahnung, wie das Spiel vor sich ging. Gelegentlich bat er den Croupier, für ihn zu spielen. Die Einsätze waren meist sehr hoch. Er saß neben einem ausgezeichnet angezogenen Mann, der vermutlich Ziegelstein-Fabrikant war, so sah er jedenfalls aus. Er ließ sich ein Bier bringen und beobachtete die eleganten Hände des Croupiers, der mit affenartiger Geschwindigkeit die Karten handhabte. Geld, Chips und Karten nahm er mit einem großen, breiten Messer auf, geradezu artistisch machte er das. Wenn das Messer über das Tuch des Tisches fuhr, duckten sich die Menschen und sahen ihrem Geld nach. Ein kleiner, zerknitterter Mann hielt die Bank und hatte einen Atropin-Blick. Er schwitzte, als er seine drei Karten aus dem Kasten zog. Alle Leute sahen hypnotisiert auf die verdeckten Karten. Der Croupier hatte sein Messer so in der Hand, als wolle er sofort jemanden köpfen. Der Ziegelsteinmann rauchte mit nassen Lippen. Die Damen trugen große Abendkleider und dufteten; ihr Schmuck war zweifellos echt. ›Ça va!‹ sagte der Croupier und fegte den Tisch mit dem Messer leer. Der Zerknitterte hatte Glück gehabt. Die Leute atmeten wieder und starrten auf das gewonnene Geld. Das Spiel ging weiter. Er war gegenüber in die Indra-Bar gegangen, hockte sich in die Ecke an den schmalen Bartisch und ließ sich von der rabenschwarzen Bardame etwas Fremdklingendes mixen. Er trank das barbarisch scharfe Gesöff und konnte trotzdem nicht von den Augen am Spieltisch loskommen. Er trank viel und schnell. Endlich schien alles nur noch aus Augen zu bestehen. Die Wände der Bar zwinkerten ihn aus tausend Augen vertraulich an. Die Männer und Frauen in der Bar sahen sich an wie Fünfmarkstücke. Die Barfrau hatte ihm inzwischen aus ihrem Leben vorgelogen und trank fleißig mit. Der Klavierspieler hackte seine Fingerübungen im Tangotempo.

Er betrank sich, um endlich die Augen vergessen zu können. Als er ging, dämmerte es bereits. Die Morgenluft war wunderbar. Er spazierte bis auf den Kopf der langen Landungsbrücke. Er wartete, bis die Sonne aufgegangen war. Dann fuhr er zurück an Bord.

Die Augen hatte er nie wieder vergessen.

Die Augen kannte er also. Und es war unsäglich banal gewesen. Selbst in der Erinnerung war die damalige Nacht dumm und sinnlos. Wie hatte er seine Zeit nur so läppisch hinbringen können?

Der Geldschein war inzwischen vollkommen verbrannt, und er tat die Asche außenbords. So, nun hatte er kein Geld mehr. Er fühlte sich erleichtert.

Er machte einen Augenblick Pause mit seiner Brieftaschenbeschäftigung. Es ging wieder auf den Abend zu, gottseidank. Der Schmerz in Schultern und Armen hatte ein wenig nachgelassen. Nur dort, wo die Hose scheuerte, brannte es noch heftig. Er bewegte sich möglichst wenig.

Auf dem Horizont im Westen lagen niedrige Haufenwolken. Im Osten wurde es bereits wieder blaugrau. Er schnupperte in den Wind.

Wind?

Wind, ja, mein Gott, da war ja eine kleine Brise aufgekommen!

Er starrte auf das Wasser. In winzigen Böen, kaum erkennbar, kräuselte sich das Wasser und verlor seinen Spiegel, diesen tödlich-unbeweglichen Bleispiegel. Er wandte sein Gesicht gegen den Wind. Deutlich zu spüren: Wind. Keine Täuschung. Die Luft legte sich im Hauch zärtlich gegen sein Gesicht. Er hatte das Gefühl, als trüge er eine unendlich dünne Seidenmaske. Er schmeckte mit der Zunge. War Feuchtigkeit in der Luft? Er konnte jedoch nichts feststellen. Er war aufgeregt.

Wenn schlechtes Wetter käme, wunderbar, vielleicht Regen, nicht mehr diese verfluchte Sonne!

Die Sonne verschwand gerade hinter den Wolken am Horizont. Abgegrenzte Strahlenbündel wiesen in den färbenden Himmel. Die Säume der Wolken glühten golden, und im Osten zog es schwarz herauf.

Er war aufgeregt. Das Herz schlug schnell, und er atmete heftig.

Wenn es regnet, dachte er, das ganze Schlauchboot voll Wasser! Dann kann ich es noch lange aushalten. Das wäre ja gelacht, nicht wahr!

Er steckte sich seine vorletzte Zigarette an. Der Wind mußte gefeiert werden.

Der Durst verstärkte sich bei dem Gedanken an Regen

und Wasser. Im Magen hatte er ein Gefühl, als koche er. Er schluckte ununterbrochen.

Die Sonne war nun vollständig hinter den Wolken verschwunden. Der Himmel taumelte in brennenden Farben. Olivgrün und zartblau und violett und schwarz und weiß und rosa und über allen Farben ochsenblutigrot. Der Himmel erschlug sich mit seinen Farbspielen. Jeden Augenblick veränderte sich die Mischung der Farbtöne. Und jetzt wurden sie so feierlich wie ein Kirchenfenster, ein tiefes, sattes Rot und strahlendes Dunkelblau. Das hohe Fenster hinter dem Altar im Dom. Klang nicht eine Musik? Und die Orgel spielt, horch, und der Chor singt! Die frommen Knabenstimmen, und es ist Weihnachten und die Botschaft von ferne her. ›Es ist ein Reis entsprungen‹, singen sie, und das Hochgewölbte hallt.

Der Andere schloß die Augen vor Entzücken. Er hörte auf zu schlucken. Hinter seinen Augen waren die ruhigen Kirchenfarben und der himmlische Gesang. Es gibt nichts Schöneres als Knabenstimmen, dachte er. Und sie singen den uralten Satz vom ›Reis entsprungen‹.

Er war mit Maria immer in den Weihnachtsgottesdienst gegangen. Allein schon wegen der Chöre. Was der Prediger vorne auf der Kanzel redete, interessierte weniger. Nur der Chor. Nur die Musik. Hörst du, Maria? Es ist schön zum Weinen, nicht wahr? Und warum hat man denn selber Tränen in den Augen, so ein Unsinn, ein Mann und Tränen! Das gibt es doch gar nicht in unserer modernen Zeit. Hörst du, was der Pastor jetzt eben sagt? Na, laß ihn.

Die Leute brauchen das. Der spricht von unseren gefallenen Helden des Krieges, von denen jeder das Neue Testament im Tornister trägt. Das ist doch glatt gelogen, nicht wahr. Die Soldaten tragen Socken und Unterhosen im Tornister, vielleicht auch noch ein Paar Reserveschuhe. Das ist da draußen wichtiger. Vielleicht haben sie manchmal ein kleines Büchlein in der Seitentasche. Je nach Temperament, entschuldige Maria, das ist ein schlechtes Wort: Temperament. Ich kannte welche, die hatten den Baudelaire bei sich, oder den Hyperion, oder den Niels Lyhne, ein paar Bennsche Gedichte. Oder meistens ein Heft der ›wahren Erlebnisse‹ oder manchmal auch die üblichen Postkarten der Madame Lamour. Ja, das trugen sie bei sich. Nicht, was da vorne geredet wird, zumindest nicht so, wie er es sagt. Sieh mal, wie das Licht des Kirchenfensters auf dem Gekreuzigten liegt. Siehst du? Der kann ja nichts dafür, was sie mit ihm machen. Gottseidank, daß wieder der Chor singt. Nun ist es zu Ende. Wir gehen nach Hause, ja? Ganz langsam durch den stillen Schneepark.

Der Andere schlug die Augen wieder auf. Der Himmel war nur noch dunkelblau. Die Sterne waren aufgegangen und der Wind spürbarer geworden. Sehr kleine Windwellen drückten das Schlauchboot nach Südwest. Nun hatte der Andere endlich einen Kurs.

Er legte sich in eine Ecke des Schlauchbootes, im Magen abgewinkelt, weil er so schmerzte, wegen des Durstes. Er wartete.

»Lieber Gott«, sagte er, »laß es bald regnen.«

Und dann schämte er sich. Wegen Weihnachten, damals. Aber was hatte das denn mit dem lieben Gott zu tun, überlegte er. Er schämte sich nicht mehr, als er genau darüber nachgedacht hatte.

Lange lag er so in der aufziehenden Nacht. Der Durst verwirrte ihm bereits ein wenig die Gedanken, ohne daß er es bemerkte.

Die Nacht war heraufgekommen, und er konnte nicht mehr feststellen, ob der Wind zugenommen oder nachgelassen hatte. Das Schlauchboot schien ganz leise zu schlingern. Eine schöne Bewegung! Jeder Nerv seines Körpers nahm die Bewegung auf. Er erhob sich, um die Bewegung deutlicher zu fühlen. Das Aufstehen fiel ihm sehr schwer, und er merkte, wie schwach und leer er geworden war.

So stand er nun da, sah über das Wasser hin und spürte den Wind und die See, wie es in der Dunkelheit um ihn geschah, wie es sich bewegte. Er trieb in einer bestimmten Richtung, er würde irgendwo ankommen und man würde ihn finden und es würde endlich zu Ende sein.

Und Maria wird nicht mehr da sein, dort, wo ich ankomme, dachte er. Die große Traurigkeit überkam ihn, als er an Maria dachte.

»Liebe«, sagte er.

Sie würde nicht da sein, trotz Wind und Regen, auch wenn er wirklich irgendwo ankommen würde. Sie würde nicht da sein.

Der Andere stand nicht mehr so aufrecht.

Daran hatte er bisher noch nicht gedacht.

Ich stehe hier, und wo bin ich eigentlich? überlegte er. Ein Weg ging zu Maria? Und ein Weg ging von Maria fort? Oder war es noch anders?

»To be or not to be that is the question!« sagte er höhnisch und voller Wut.

»Es ist einfach, jemanden an den Kreuzweg zu stellen!« sagte er, und das Sprechen fiel ihm so schwer, als habe er Kleister in der Kehle. »Und dann hinterher das Urteil fällen, nicht wahr, beurteilen und verurteilen. Aus dem goldenen Richterstuhl heraus, wie? Ihr macht euch das verdammt einfach, meine Lieben.«

Zu wem redete er eigentlich?

Er überlegte. Hatte er etwas Ähnliches nicht schon einmal gesagt? Hier auf dem Schlauchboot?

Er versuchte, sich zu erinnern. Natürlich, jetzt wußte er es wieder.

Er knickte langsam ein und setzte sich wieder. Es war gut, sich hinsetzen zu können.

Während der Bewegung fühlte er, wie es ihn verließ. Der letzte Rest der Kraft rann aus ihm wie Wasser aus einem Gefäß. Immer weniger wurde, was noch in ihm blieb. Das Hohle in ihm dehnte sich aus, und das Rinnende wurde immer mehr. Die Empfindung des Leerseins strich über ihn hin wie eine zarte Hand, vom Kopf herab über den Körper und am Äußersten endend.

Er rutschte noch ein wenig tiefer, so daß er nun halb liegend neben der Seitenwulst ruhte.

Er wußte, daß er nie wieder aufstehen würde. Er versuchte jedoch noch, die Kimm auszumachen und den Horizont zu überblicken. Es war aber nichts in Sicht.

Der Wind hatte wieder nachgelassen, und die See lag wie vorher. Nur die Wolken am Horizont waren ein wenig stärker als sonst wohl.

UNTER DEM BEGRIFF »HOFFNUNG« VERSTEHT MAN EINEN auf etwas Bestimmtes ausgerichteten Wunsch, gleichgültig, ob dieser Wunsch erfüllbar ist oder nicht.

Die Hoffnung ist eine der stärksten Triebfedern des Lebens und in Grenzfällen sogar mit dem Selbsterhaltungstrieb identifizierbar.

Die gebräuchlichen Religionen haben ihre Gottesbegriffe und Glaubenssätze stets innig mit den ihnen zusagenden Hoffnungs-Aspekten verwoben.

5

Der Andere lag ruhig, und um ihn herum war wieder Totenstille. Das Geräusch der Windwellen hatte aufgehört, und die See breitete sich bewegungslos. Es war wohl nur eine Fallbö aus den höheren Luftschichten gewesen. Der Nachthimmel war wie in den Nächten vorher, dunkelblauer Samt und der unendliche Glanz der Sterne.

Der Andere lag still und sah mit offenen Augen in den Himmel. Sein Körper war taub und dumpf, und doch fühlte er sein Da-Liegen schwer und deutlich. Er konnte nicht mehr sprechen. Er hatte es einige Male versucht, als er jedoch nur ein Krächzen hörte, hatte er es aufgegeben. Es war ja auch nicht wichtig, das laute Sprechen. Im Gegenteil, er empfand die Stille rundum und in sich nur wohltuend. Natürlich sprach er noch, jedoch nur zu sich selbst, er hörte seine Sprache nur innen im eigenen Ohr. Aber sprechen mußte er, denn wenn er so zu sich sprach, war es mehr als nur ein Denken, es war ein lindernder Zwischenraum eingeschaltet. Das laute Sprechen konnte böse sein – und war es eigentlich immer gewesen, wie er bei sich feststellte –, und das Denken war meist ungenau und mit seinem besonderen ›Gefühl‹ belastet, wie er ebenfalls feststellte, als er so lautlos mit sich sprach.

»Ein sonderbarer Zustand«, sagte er. Das hatte er noch nie erlebt. Die äußeren Dinge beeindruckten ihn kaum noch. Der Schmerz in seiner zugequollenen Kehle war nur so spürbar, als gehöre ihm diese verklebte Kehle nicht. Der Durst in seinem Leib war wie ein fremdes Buch, welches er ungeöffnet liegen ließ. Das allein Deutliche, was er spürte, war das Frieren seiner Hände, denn sie waren in das Wasser gefallen, von der Gummiwulst herunter in das Wasser. Er brauchte seine ganze restliche Kraft, um die Hände nach oben zu bekommen, bis sie wieder auf der Wulst lagen. Und dann nahm er sie vorsichtshalber zu sich in das Schlauchboot herein. Nun lagen sie neben ihm auf der Holzgräting und froren ein bißchen, als sie trockneten. Und er dachte wieder an Maria.

Bis Maria plötzlich da war und ihn ansah.

Sie beugte sich vor und blies sanft auf seine Hände. Das Trockenwerden schmerzte nicht mehr. Er seufzte. Der Atem Marias auf den Händen, mein Gott …

Als er die Augen endlich öffnen konnte, war Maria nicht mehr bei ihm, und nur der Stern Betageuze zitterte dort, wo sie gewesen war. Ein Stern. Nur ein Stern.

Und dann begann er zu warten. Er lag und wartete. Es mußte doch ein Etwas-Mehr geschehen, als daß die Zeit verging? Er lag doch nicht umsonst nur so da?

Je länger er wartete, desto weniger wartete er mehr. Das Schlauchboot und die vergehende Nacht begannen von ihm fortzugehen, so, als löse sich etwas Festes in einer Flüssigkeit auf. Es wurde weit, als flöge er sanft explodierend in das Weitumgebende. Es wurde hoch in ihm. Und sehr tief tat es sich unter ihm auf. Ein Raum breitete sich in ihm aus, eine

Art plastischer Leere, die er glaubte, mit Händen greifen zu können, so deutlich war sie. Und inmitten dieses unausgefüllt, doch dinglich Gefühlten spürte er sich selbst in einem einzigen Punkt schwer zusammengeballt, über alle Maßen zusammengeschrumpft und mit unheimlicher Wucht.

Er sah mit weit offenen Augen in den Himmel über sich, ohne den Himmel zu sehen. Die Sterne funkelten spiegelnd in seinen Augen und waren gleicherweise entfernt.

»Jetzt wollen wir den Star operieren!« sagte jemand böse und plötzlich. Der Andere konnte nicht erkennen, woher die Stimme kam oder wer sie gar war.

BETSY SASS IM BETT. DAS BEIN MACHTE GUTE FORTSCHRITTE. In wenigen Wochen würde sie wieder aufstehen können.

»Es gibt wunderbare Prothesen«, sagte der Oberarzt und flirtete so gut er konnte. »Kein Mensch merkt, daß Sie … nun ja, man kann sogar Nylons drüberziehen und natürlich richtige Schuhe. Eine Krücke braucht man heutzutage nicht mehr. Aber, meine Beste, Sie mogeln!«

Betsy legte gerade eine Patience auf dem Schiebetischchen vor sich.

»Ohne Mogeln geht es niemals auf«, sagte sie. »Das habe ich von Hamsun gelernt.«

Der Oberarzt kannte niemanden namens Hamsun und glaubte, es wäre ein Verehrer von ihr. Sowas, wo sie doch verlobt war!

»Von William was gehört?« fragte er.

»Nein«, sagte sie.

Was sollte er nun sagen? Er wartete darauf, daß sie anfinge zu weinen. Jedoch, sie weinte nicht. Wenn sie geweint hätte, hätte er genau gewußt, wie er sich verhalten sollte: als liebevoller Tröster. Das kleine Mädchen und der erfahrene Mann. Da sie nun nicht weinte, wurde es nichts damit, und er wurde ärgerlich.

Soll sie ruhig mogeln, dachte er. Der Herr Halmon, oder wie er sonst heißt, kommt mir nicht ins Haus.

Die Schwester steckte den Kopf zur Tür herein. »Bitte in den O.P.«, flötete sie.

»Ich muß operieren«, sagte er wichtig und wußte, was er konnte. »So long«, verabschiedete er sich in bester Manier. Betsy legte eine neue Patience aus. Aber das Spiel ging nicht auf, und zum Mogeln hatte sie keine Lust mehr. Sie lehnte sich zurück, schob das Schiebetischchen fort und las den letzten Brief ihres Vaters noch einmal. ›Mein liebes Kind‹, stand da. Sie fing an zu weinen. William mochte sie bestimmt nicht mehr mit diesem fehlenden Bein. ›Dein lieber Pop‹, stand da am Schluß des Briefes. Sie fühlte sich elend und von aller Welt verlassen.

»Damn it all«, sagte sie und machte das Licht aus. Sie nahm eine Schlaftablette.

Wenn bloß das mit dem Bein nicht wäre, dachte sie.

»Warum muß man mir den Star operieren?« fragte der Andere und probierte seine Augen.

Wo Maria soeben gewesen war, stand nun Betsy. So, wie sie auf dem Bild aussah. Sie blickte ihn an.

»Nein«, sagte er beruhigend, »ich habe deinen Brief nicht gelesen, keine Angst, Betsy.«

Er konnte ihr Gesicht gut erkennen. Es war nun, da er genauer hinsah, doch nicht so herzig wie auf der Aufnahme. Im Gegenteil, das Gesicht schien eher traurig zu sein. Es war wie alle Gesichter dieser Art: sehr traurig.

»Entschuldige«, sagte er. »Das habe ich nicht gewußt.« Sie lächelte wie Maria.

»Ihr ähnelt euch alle«, sagte er. »Das ist sonderbar.«

Betsy hatte sich eine Zigarette angezündet und rauchte. Der Zigarettenrauch war als dunkle Wolke vor dem Nachthimmel. Sie sagte nichts.

»Das hat der Einarmige auch nicht gewußt«, erläuterte er. »Er war nämlich sehr böse auf dich.«

Sie rauchte.

»Vielleicht hat er auch mehr gewußt, als er sagte? Du mußt wissen, er ist wunderbar gestorben. Wenn ich auch so sterben könnte, wäre ich froh!«

Betsy hörte einen Augenblick auf zu rauchen und sah ihn an. Sie lächelte genau wie Maria und schüttelte den Kopf. Dann war sie verschwunden.

Der Andere sah in den Himmel.

Es vergeht alles so schnell, dachte er. Und versuchte, sich einzuholen. Und erhob sich hoch in die Luft.

»Ich schwebe«, sagte er. »Ich schwebe über mich selbst hin. Sieh, da unten liege ich!«

Er sah sich an, wie er dort unten lag: hingestreckt, die beiden Hände neben sich, den Kopf im Nacken und die

Beine leicht angewinkelt. Ein schwarzer Punkt in der weiten Spiegelfläche des Meeres.

Er schwebte noch höher. Weit entfernt unter ihm tauchte ein anderer schwarzer Punkt auf, noch ein Schlauchboot mit einem treibenden Menschen. Und da noch eines und noch eines und noch eines. Viele schwarze Punkte und unendlich weit voneinander entfernt und so nahe, wie die Sterne im Himmel. Und um jedes Schlauchboot kreiste ein totes Gesicht und ein abgeschossener Arm und angefressene Beine. Langsam wie Monde kreisten sie um ihre Schlauchboote. Und kein Treibender wußte vom anderen. Keiner wußte, daß da noch einer trieb wie er selbst. Und kein Toter wußte vom anderen, daß noch andere tot waren mit abgeschossenen Gliedern und wasserverwitterten Gesichtern. Ein jeder, tot oder noch lebend, trieb in seiner kleinen Einsamkeit und wußte nur sich selber. Nur manchmal – das sah der Andere deutlich von hoch oben – wußte einer der Treibenden, daß und wie ein Toter um ihn kreiste.

Der Andere konnte nicht mehr darauf hinsehen und senkte sich wieder auf sich selbst zurück.

Er lag in seiner Schlauchbootecke, blickte nicht mehr in den Nachthimmel und sah, wie der Armstumpf des Toten über den Gummirand griff und den Körper nach sich zog. Der Tote kam an Bord.

Alle Menschen besuchen mich heute, dachte der Andere und freute sich.

»Das ist nett von euch«, sagte er. Sie wissen sicherlich,

daß ich so allein bin, dachte er weiter, und besuchen mich. Früher bin ich immer so allein gewesen, und niemand hat mich besucht, seit Maria tot ist. Das ist schön.

»Guten Tag, mein Lieber!« sagte er.

Der Einarmige stieg langsam an Bord, und der Andere war durchaus nicht erstaunt, daß er wieder zu ihm kam.

»Vergessen habe ich dich niemals«, sagte er zu ihm, »das brauchst du nicht zu glauben, aber es ist so. Ich habe immer an dich gedacht, als du da draußen um mich herumtriebst. Und das andere, daß ich dir etwas tun wollte, weißt du noch, das darfst du nicht tragisch nehmen. Du kannst dir vorstellen, wie mir zumute war, nicht wahr? Das war gar nicht einfach!«

Der Einarmige hatte sich dort hingesetzt, wo bereits Maria und Betsy gewesen waren. Sein Gesicht war vom Wasser und vom Totsein ausgelaugt und nahezu durchsichtig.

»Ich habe gewiß Fieber«, sagte der Andere. »Natürlich habe ich Fieber. Sonst würde ich dies alles nicht sehen. Das ist doch klar, ich sehe Gespenster. Ich muß exakt denken und genau überlegen.«

Er strengte seine Augen an, um deutlich zu sehen: jedoch fühlte er, daß seine Augen geschlossen waren. Er konnte nichts sehen und sah alles in überdeutlicher Schärfe. Da saß also der Einarmige, sah ihn an und lächelte.

»Sonderbar«, sagte der Andere, »alle, die mich besuchen, lächeln mich an; so, als hätten sie Mitleid mit mir.«

Dieses Mitleid gefiel ihm nicht.

»Ich brauche euer Mitleid gar nicht«, sagte er zum Einarmigen. »Wenn ihr etwa denkt, daß ich es bräuchte, irrt ihr euch. Macht euch nur keine Sorgen.«

Doch der Einarmige schüttelte nur den Kopf, leise und wie nebenbei.

Der Andere wollte nichts mehr sehen, innen, wegen des Mitleids. Der Einarmige verschwand wie gewünscht.

»Siehst du!« sagte der Andere.

Und dann zog er seine beiden wirklichen Augen gewaltsam auf und sah um sich. Die Umrisse des Schlauchbootes waren schwarz gegen den Himmel, und die Sterne leuchteten. Sie leuchteten in unbegreiflicher Schönheit. Es war niemand an Bord, und er war allein wie immer.

»Siehst du!« sagte er nochmals.

Er zog das Kinn an und drehte langsam den Kopf. Die Kimm ringsherum hatte einen hellen Saum, und es war nichts in Sicht. Die See lag spiegelglatt wie immer. Er streckte die Zunge aus dem Mund, so weit er irgend konnte, um den Wind von vorhin zu fühlen. Doch es war kein Wind mehr zu spüren. Die Wolken über dem Horizont waren zu einem schmalen, ausgebuchteten Strich zusammengeschrumpft.

»Du bist dabei, sanft und selig zu sterben, mein Lieber«, sagte er zu sich. Er verzog den Mund, als ob er lachen wollte. Er spürte, wie sich die Lippen über den Zähnen spannten. Er sah seine Fotografie: wie sie zu grinsen versuchte.

Bis ihn die Angst überfiel. Er erinnerte sich, wie er früher, als Kind, manchmal Angst gehabt hatte. Nachts im dunklen Zimmer die finsteren Ecken, und die Möglichkeit, daß da etwas aus diesen Ecken kommen könnte. Wie jetzt. Wenn er nun stürbe und dann wäre jemand, der etwas von ihm wollte. Einer, der ihn fragte oder ihm etwas tun könnte. Der große Richter fragte: ›wievielmal bist du in der Kirche gewesen? Und wenn nein, warum nicht? Wie hast du mit deinem Pfunde gewuchert und wenn ja, wieviel? Und sonst noch?‹ Die Fragerei hörte überhaupt nicht mehr auf.

»Ein netter Fragebogen«, sagte der Andere und beruhigte sich ein wenig. Und wurde wieder zornig.

»Wenn du der wirklich bist und bist dann noch auf Fragebogen angewiesen: nun, dann verzichte ich auf dich, mein Teuerster!« sagte er angriffslustig.

Er horchte. War jemand da?

Nichts, stellte er fest. Es schwieg wie immer.

Doch das Formular wollte ausgefüllt werden.

Der Andere hustete verhalten vor Lachen. Lieber Himmel, war das primitiv und banal.

Und dann hatte er doch wieder Angst, denn hing nicht von dem Großen die Zukunft ab? Das, was mit ihm geschehen würde?

Er war, siehst du wohl, nicht an jedem Sonntag, wie vorgeschrieben, in der Kirche gewesen, und auch sonst klangen die Antworten auf den Fragebogen nicht allzu positiv.

»Positiv!« sagte er grimmig, »dieses Wort habe ich doch schon einmal irgendwo gehört?«

Er hatte Angst, was der Große ihm bestimmen könnte.

Die Märchen vom Fegefeuer und der Hölle fielen ihm ein, und vielleicht war es doch wahr und stimmte? Man konnte es nicht wissen, die Götter waren unberechenbarer als selbst noch die diversen Kirchen, dachte er. Und der Große zumal! »Du kannst zehnmal recht haben, und wenn der Große trotzdem ›nein‹ sagt, bist du verloren. Demut, ja mein Gott«, sagte der Andere so laut er konnte, »seid demütig, liebet eure Feinde! Soll ich den Großen etwa lieben?«

Er hatte Angst. Wie in Kinderzeiten umstanden ihn die schwarzen Figuren und drohten. Sowie er tot sein würde, würden sie an ihn herankommen und etwas Furchtbares tun. Aus den Ecken kam das Dunkle, Unerkennbare auf ihn zu und streckte die Hände nach ihm aus.

Man braucht nur Licht zu machen, dachte er schnell. Dann verschwinden die dunklen Ecken und die Figuren.

»Knips«, sagte er. »Jetzt ist Licht. Also, wo seid ihr?«

Es war hell. Er sah in dem Nachtlicht um sich. Niemand war in seiner Nähe. Kein Schatten und kein Großer und überhaupt nichts. Er war allein mit sich und seiner Angst. Und die ließ sich nicht wegleugnen.

»Ich will nur dorthin, wo Maria ist.« Er schloß wieder die Augen. Es war eine Erlösung, als er die Augen endlich wieder schließen konnte. Eine Erlösung wie in schwerer Müdigkeit. Er war müde, hundemüde. Er fühlte den Schlaf langsam in sich eintreten, die Beine wurden schwer, das Denken lief sacht in das Unbewußte ein, breitete sich aus und sank dahin.

Doch schlafen konnte der Andere nicht. Denn sofort war wieder der Einarmige vor seinen geschlossenen Augen und sah in an. Er lächelte wieder das elende Mitleidlächeln und schüttelte wiederum den Kopf.

»Du müßtest eigentlich mehr von dem Großen wissen als ich«, sagte der Andere zu ihm. »Du bist ja schließlich schon tot. Du könntest eigentlich jetzt einmal etwas für mich tun, nicht wahr?«

Aber der Einarmige schüttelte nur wiederum den Kopf, zog eine Zigarette hervor und rauchte, das Gesicht gegen den Himmel gewandt. Der Andere schien gar nicht für ihn zu existieren.

»Weißt du etwas über den Großen?« fragte der Andere. Der Einarmige rauchte nur schweigsam.

»Kein Aas weiß was«, sagte der Andere erbittert. »Oder keiner will etwas wissen. Ihr könntet Hilfestellung geben, wenn ihr wolltet. Aber, nein!«

Der Einarmige schwieg unentwegt.

»Denke doch mal an Betsy!« sagte der Andere. »Der könntest du doch wenigstens helfen!«

Der Einarmige rauchte heftiger. Die Wolken verhüllten sein Gesicht fast vollständig.

»Wolken vor dem Angesicht«, rezitierte der Andere verächtlich. »Sehr romantisch. Fehlt nur noch das entsprechende Gedicht.«

Der Einarmige sah ihn nur an und wurde immer weniger. Seine Beine verschwanden, sein Leib löste sich auf, die Brust versank im Wasser, und der Armstumpf tauchte mit einem Zischlaut unter. Das war das einzige Geräusch, der Zischlaut des Armstumpfes. Der Kopf hob sich über den Rand des Schlauchbootes. Einen kurzen Augenblick sah er ihn noch auf dem Wasser schwimmen. Dann war der Tote verschwunden.

»Du spinnst«, sagte der Andere zu sich. »Soweit ist es gekommen. Du stirbst und siehst dummes Zeug. Du siehst, was es gar nicht gibt. So ein Unsinn, tote Leute kommen an Bord. Die sind ganz woanders. Die einzige Realität hier bin ich.« Er konnte sich nicht einmal mehr über das Wort ›Realität‹ amüsieren. Soweit war es nun schon gekommen. Er hatte nur immer noch Angst vor dem, was möglicherweise mit ihm geschehen könnte. Er spürte genau, daß irgendwo dort in der Ecke die Schatten waren und warteten.

Die Nacht war älter geworden und erhellte sich allmählich. Die Sterne verloren ihren tiefgelben Schein und waren nur noch transparente Punkte, in seltsamer Ordnung hingestreut. Die schmale Sichel des Mondes wurde bläßlich, und das Kreuz des Südens stand schräg und nur noch halb über der Kimm. Über der Wasseroberfläche schwebten feine Dunstschleier und bewegten sich leise und unendlich langsam der kommenden Sonne entgegen. Ein großer Rochen sprang nahe dem Schlauchboot hoch in die Luft, schlug wild um sich und klatschte mit seiner breiten Seite wieder in die See zurück. Es klang wie ein Kanonenschuß.

Der Andere lag da, hörte nichts und sah mit weit offenen Augen in den tagfärbenden Himmel.

»Morgenrot, Morgenrot«, summte er.

Lieber alter Wilhelm Hauff, dachte er. Was würden Zwerg Nase und die kleine Fatme hierzu sagen? Hast du nicht auch einen einarmigen Freund gehabt? Zoleukos hieß er, wenn ich nicht irre. Siehst du, es sind immer irgendwo Menschen, denen etwas fehlt; ein Arm, manchmal auch ein Bein, manchmal auch der Kopf, manchmal das Herz. Das kalte Herz. Nicht daran denken, mein Lieber, dachte er und fing nun doch an zu weinen.

Er weinte, und es waren keine Tränen da. Wann hatte er eigentlich zum letzten Mal geweint? Als Kind, wenn er einmal den Hosenboden versohlt bekommen hatte? Natürlich. Und sonst? Einmal zwischendurch. Das war lange her. Das hatte einen sehr bösen Grund gehabt, denn sonst weinen Männer heutzutage nicht mehr richtiggehend, nicht wahr, mein Bester?

Er bleekte die Zähne. Es tat verdammt weh. Er lag und sah in den Morgenhimmel.

Die Sonne war mit ihrem oberen Rand über dem Wasser aufgetaucht, und der Himmel war mit kitschiger Himbeersoße übergossen.

»Brotpudding und Himbeersoße«, sagte der Andere, »die typische Tränen-Farbe.«

Er war traurig.

Der Tag kam herauf, und der Andere lag und konnte sich nicht mehr bewegen. Konnte er sich wirklich nicht mehr bewegen? Hatte er nicht noch eine Zigarette in der Schachtel? Die letzte?

Langsam, zentimeterweise, schob er seine Hand zur Zigarettenschachtel hin. Sein Gesicht verschob sich vor Anstrengung. Die Zigarette fiel einige Male zu Boden, ehe er sie in den Mund bekommen konnte. Das Anreißen des Streichholzes war eine neue unerhörte Mühe. Alles ging unendlich langsam und schmerzvoll vor sich. Er wußte, daß er jede Bewegung zum letzten Male machte.

»Die Sonne«, sagte er leise und sah den roten, feuchtschwangeren Ball an. »Die letzte Sonne. Nun ja –«

Es war ihm endlich gelungen, die Zigarette anzuzünden. Die brennende Zigarette fiel ihm aber wieder aus dem Mund und blieb auf dem Oberschenkel liegen. Er beobachtete sie dort und wartete, was geschehen würde. Die Glut brannte ein Loch durch den Stoff der Hose. Er fühlte keinen Schmerz im Bein. Das Feuer tat nicht mehr weh.

»Na?« sagte er und wartete noch.

»Na schön, dann nicht!« sagte er und mußte sich wieder sehr anstrengen, um die Zigarette zu greifen und an den Mund zu führen. Er fühlte mit den Fingern nach, ob die Zigarette auch tatsächlich und richtig im Mund wäre, denn mit den Lippen spürte er nichts. Er preßte die Kiefer zusammen, um die Zigarette im Mund festhalten zu können und nahm dann erst die Hand weg. Die Zigarette blieb oben im Mund. Also funktionierte es noch im Gesicht.

Er sog den Rauch tief ein. Es rieselte durch den Körper wie eine leichte Betrunkenheit. Die Sonne wurde grün, und die See wölbte sich hoch auf.

»Guten Morgen, liebe Sonne! Sieh mal, man hat mir den Star gestochen!« sagte er zur Sonne und blickte geradewegs in ihr Licht.

Eine lange Zeit verging.

Die Zigarette war bald erloschen und hing immer noch im Mundwinkel. Er hatte die Augen wieder geschlossen und träumte vor sich hin. In seinem Körper war eine wunderbare Stille. Er lag wie in einem Bett aus Watte. Die schnell an Kraft gewinnende Hitze der Sonne empfand er nicht in seinem Bewußtsein.

Er träumte vor sich hin. Sein Denken bewegte sich sehr langsam und ganz gemächlich von einem Bild zum anderen und blieb stehen, wenn es besonders schön in der Erinnerung war, jedoch wußte er währenddessen immer genau, wo und wie er war, und daß es stetig mit ihm zu Ende ging. Die Dinge gehen sonderbar nebeneinander her, überlegte er. Trotzdem hatte er immer noch seinen kleinen Spaß und eine listige Genugtuung, wenn er sich selbst so parallel daliegen sah.

»Es wird Zeit, Bilanz zu machen«, sagte er. »Ich kann nicht mit offenen Konten meinen Laden schließen. Hoffentlich wird es keine Konkurs-Bilanz!« sagte er, und der Zigarettenrest bewegte sich im Mundwinkel.

Welche Außenstände habe ich eigentlich? überlegte er.

»Keine«, sagte er nach angestrengtem Nachdenken.

Das war gut. Es war nicht erfreulich, von anderen Leuten, die ebenso arm dran waren, noch etwas einzufordern.

»Wem schulde ich etwas?« fragte er laut.

Mund, Kehle und Rachen schmerzten heftig, als er wirklich zu sprechen versuchte. Also lieber nicht, dachte er, man kann ja auch so reden. Hauptsache, ich höre mich, und der versteht mich, den es angeht. Also, nochmals, wem schulde ich etwas? Nun, das hätte ich mir denken können. Diese Liste ist lang. Viele Leute kommen und wollen etwas haben. Na schön, man kann es ihnen geben. Doch die anderen Menschen, die nicht kommen und haben wollen und denen man trotzdem etwas schuldet, die sind weitaus unangenehmer. Und leider sind das sehr viele.

»Sehr viele«, sagte er. »Ein bißchen anstrengend für das Gewissen.«

Und natürlich schulde ich denen gerade das, was ich nicht habe, dachte er weiter. Mit Geld ist nichts zu machen. Aber womit konnte oder sollte er denn sonst bezahlen? Er wußte es sehr genau. Umsonst hatten seine Hände nicht seit damals gefroren.

»Welche Passiva haben wir noch?« fragte er und öffnete wieder die Augen. Er sah in den glühenden Sonnenball des Mittags.

»Keine«, sagte die Sonne.

Er war nahezu blind von dem Licht und der Antwort.

»Welche Aktiva hast du sonst noch?« fragte die Sonne.

»Keine«, sagte der Andere und schloß wieder die Augen. In seinem Schädel tanzte es und begann wieder durcheinanderzugehen.

»Aber Substanz ist vorhanden!« sagte Maria.

»Aber kein Auto«, sagte Betsy.

»Hauptsache, man hat beide Arme!« sagte der Einarmige.

»Unterhaltet euch ruhig weiter!« sagte der Andere. »Ich kibitze bei euerm Intelligenz-Skat.«

»Man muß die Menschen nur liebhaben. Dann geht es schon«, sagte Betsy, hatte weiße Haare und war hundert Jahre alt.

»Die Menschen sollten lieber mich liebhaben«, sagte La Gracieuse und hatte ein heruntergefallenes Gesicht.

»Ich bin tot«, sagte der Einarmige. »Das ist das einzige Resultat, ob liebhaben oder nicht liebhaben. Seht mich mal an! Na?«

»Nun zankt euch bloß nicht«, sagte der Andere und hätte gern gelacht.

Maria winkte lässig mit der Hand. »Laßt ihn in Ruhe sterben«, sagte sie.

»Ein Mann darf nicht sterben, ohne bei uns gewesen zu sein!« sagte Betsy weise und wurde noch älter.

»Von mir gehen sie immer alle schnell weg!« rief La Gracieuse und konnte es nicht begreifen.

»Nun sieh dir die Weiber an!« Der Einarmige zwinkerte dem Anderen zu.

Der Andere hatte es nun endlich geschafft, lachen zu können. Und da fuhr es ihm durch die Brust, und er stöhnte, und es war natürlich niemand da.

Er suchte mit den Augen die Kimm ab, soweit er sie überblicken konnte. Es war nichts in Sicht. Er versuchte, auch den rückwärtigen Teil des Horizontes abzusuchen, doch gelang es ihm nicht. Er konnte den Kopf nicht mehr bewegen.

Er dachte noch einige Zeit über seine Bilanz nach und gab es dann auf. Sie war zu vielfältig, er konnte sie nicht übersehen. »Das kann der Große da oben besser ausrechnen«, sagte er. »Der führt ja schließlich die Bücher.«

Der Zigarettenstummel im Mundwinkel zuckte wiederum. Doch wurde der Andere schnell wieder ernsthaft. Was sollte der Unsinn? Es war jetzt Wichtigeres zu tun.

Er überlegte. Immer war noch die Angst vor dem Finsteren, Großen im Hintergrund.

»Warum beschäftige ich mich eigentlich unentwegt mit dem Großen?« fragte er sich. »Natürlich, weil jetzt Not-am-Mann ist!« sagte er. »So ein Schwachsinn. Ich muß das andersherum anfangen«, sagte er. Und dann sagte er »Quatsch!«. Ich kann doch nichts überlisten wollen, dachte er. Oder nach neuen Wegen suchen, jetzt, da es so spät ist.

Er hatte das Gefühl, als säßen die Götter oder der Große hoch oben über ihm, sähen auf ihn herab und hätten einen grandiosen Spaß an seinem Herumtasten und Sterben. Er wurde wütend und erbittert.

»Ihr könnt mich mal!« schrie er und sagte leise: »Ich will anständig Schluß machen, weiter nichts.«

Und dann schnaubte er und biß die Zähne zusammen, denn aus dem Leib kam ein Feuersturm angerast. Die Brust brannte. In der Kehle staute sich die irrsinnige Hitze, bis sie, wie ein Sektkorken, hervorschoß und in sein Gehirn schmetterte. Seine Beine schlugen, und die Hände hakten sich in der Gräting fest, der Leib bog sich halbmondig nach oben. Das Zigarettenende jedoch saß festgeklebt im Mundwinkel und blieb, wo es war. Er hatte den Mund aufgerissen und atmete stoßweise und schnell. Der Durst war ein Glockenklöppel und bimmelte blechern im Magen, die Sonne regnete brennendes Öl auf ihn, ein Flammenwerfer, und im Gehirn tobten wüste Bilder. Die Götter hielten sich orgiastisch umschlungen, Maria lachte schrill, und aus dem Schoße Betsys kroch ein Wurf kleiner Dackel, welch ein Irrsinn, und der Einarmige spielte Tennis, der Schläger schwebte in der Luft. Irgendwo lachte es wieder, es war nicht mehr Maria; riesig und schallend lachte es, von überall zurückgeechot, und da steht ja die lachende Reihe, alle sind sie da: der alte Zeus mit der Leda im Arm, Wotan in germanischen Sockenhaltern, und Jehova mit den blutigen Händen, Allah rasierte sich, und Buddha starrte auf seinen Nabel, Manitou mit dem Büffelherzen, und der Negergott vergewaltigte Frau Luna, Schlösser, die im Monde liegen, ein Zirkus, alle sind sie immer da, und das endlose Gelächter, die amüsieren sich, diese Schweine, und ich sterbe.

»Und ich sterbe«, sagte er erschöpft.

HALLUZINATIONEN KOMMEN, NEBEN ANDEREM, BEI FIEBERzuständen und großer Erschöpfung vor (Inanitionsdelirien). Sie sind Wahrnehmungen ohne entsprechenden Reiz von außen oder Illusionen, d.h. krankhaft veränderte Wahrnehmungen wirklicher Gegenstände. Gesichtshalluzinationen werden Visionen genannt und spielen in religiöser Beziehung eine bedeutende Rolle. Halluzinationen führen leicht zu eben durch sie befohlenen Handlungen, wie Mord, Selbstmord und so weiter. Bei Halluzinationen handelt es sich meist um sehr zahlreich auftretende Bilder, die entweder der gewünschten Zukunft oder der analysierten Vergangenheit, je nach Krankheitsintensität oder Erschöpfung des Gehirns gestuft, entspringen. Halluzinationen sind nicht mit Zuständen meditativer Art zu verwechseln.

»Und ich sterbe«, sagte der Andere leise. Und dann schrie er wieder.

Die Reihe der aufmarschierten Götter hörte überhaupt nicht wieder auf zu lachen. Er suchte nach dem Großen zwischen ihnen und konnte ihn nicht entdecken. Er war erleichtert.

»Der Große wird euch Mores lehren!« schrie er sie an. »Schert euch dahin, wo ihr hingehört!«

Doch die Reihe lachte unentwegt. Sie zeigten sich den Anderen gegenseitig, wiesen mit ihren Fingern auf ihn und schlugen sich dann wieder auf die Schenkel vor Lachen.

»Nirwana«, sagte der Andere. »Es kotzt mich an. Hoffentlich kommt der Große bald.«

Plötzlich war Stille und das Lächerliche fortgewischt. Der Andere strengte sich an, um den Großen zu erkennen. Er konnte jedoch nichts sehen. Er besann sich auf seine Zynismen, um den Großen zu zwingen. Er wußte nicht, was er sagen konnte. So gab er es auf.

»Es lohnt nicht«, sagte er, »wozu das Theater?« Es war nur gut, daß die lachende Horde verschwunden war. Die Stille war gut.

Er versuchte, mit der Zunge über die Lippen zu streichen. Doch auch dieses war nicht mehr möglich. Jede Bewegung war kleiner geworden und blieb im Willen stecken. Die Kraft fehlte. Das Gehirn allerdings arbeitete noch gut, noch relativ gut.

»Relativ«, sagte er. »Na ja –.«

Das war auch so ein Wort.

»Nur der Durst ist nicht relativ«, sagte er. »Der Durst ist absolut, und der Rest ist Käse. Alles ist Käse.«

Die Strahlen der Sonne brannten in seinem Gehirn. Aber immer war noch die Angst da, über und hinter allem. Er konnte einfach nichts gegen die Angst tun.

»Auch die ist Käse«, sagte er.

Seine Beine waren schon tot gewesen, als die Zigarette ein Loch in sie hineinbrannte. Jetzt starb er bereits ein wenig höher.

Er redete lautlos vor sich hin und jagte hinter den Figuren her, die ihn besuchten.

Er wurde wieder traurig.

»Es stimmt nichts mehr«, sagte er noch trauriger. Dann schlief er wieder ein bißchen. Er hatte gar nicht schlafen wollen. Vielleicht war es auch gar kein Schlaf, so wie ›Schlaf‹ sonst normalerweise war. Es war überhaupt alles anders geworden, wie es sonst immer gewesen war. Was früher gestimmt hatte, stimmte nun nicht mehr. Und umgekehrt.

»Das kommt vielleicht von der Star-Operation«, sagte er und war dankbar.

Als sein Körper wieder aufhörte zu schlafen, später, versuchte er, nochmals die Augen zu öffnen. Er wußte, daß er die Augenlider bereits gehoben hatte, doch sehen konnte er nichts. Die Augäpfel waren von der Muskelanstrengung nach oben gedreht und sahen dorthin, wo es in seinem Kopf noch dachte. In dem Augenblick, da er die Pupillen senkte, um sehen zu können, senkten sich auch die Lider wieder herab, und die Anstrengung begann von neuem. Er versuchte, die Hände aufzuheben und mit ihnen die Augenlider fest- und offenzuhalten. Die Hände ließen sich jedoch auch nicht mehr bewegen und blieben ungerührt dort, wo sie gerade lagen.

Die Sonne war schon weit über Mittag hinaus und fiel dem Horizont entgegen. Der Himmel spannte sich blau und ohne Unterbrechung. Die See lag blankgebohnert da und schwieg. Das Schlauchboot drehte sich unendlich langsam um sich selbst.

Der Andere versuchte immer wieder zu sehen. Zäh und erbittert zerrte er an den Muskeln. Und dann hatte er es endlich geschafft und sah trotzdem nichts.

Die Sonne schien ihm geradewegs und direkt in die Augenmitte. Die Augäpfel waren trocken, und die Pupillen sahen weitgeöffnet in das herabstürzende Licht. Er sah nichts. Er wußte, daß er sehen müßte.

»Ich habe die Augen auf und kann nichts sehen«, stellte er fest und war nicht mehr zornig. Er war nur erschöpft, weiter nichts.

»Es lohnt nicht«, sagte er, »es ist ja sowieso nichts in Sicht.«

»Ist überhaupt jemals etwas in Sicht gewesen?« fragte er sich. »Früher und generell?« erläuterte er und lachte ein wenig über den Ausdruck ›generell‹. »Man kann es einfach nicht lassen, sich so geschwollen auszudrücken«, sagte er.

»Das klingt, als führte ich zu Hause schlaue Gespräche. Das stimmt doch, wie?« fragte er sich.

»Nein«, antwortete er.

Als er das Nein gedacht hatte, überlegte er noch lange Zeit, denn das Nein schien ihm nicht zu stimmen. »Früher hat das einmal gestimmt«, sagte er. »Aber jetzt?«

Er dachte weiter nach und ertappte sich wieder, daß er mit seinen Gedanken dorthin trieb, woher er gekommen war.

»Vergiß es nicht!« ermahnte er sich. »Du bist daran zu sterben. Nun bastelst du schon wieder an diesen Dingen herum. Du kannst sie nennen, wie du willst, es bleibt dasselbe.«

Er schwieg einen Augenblick.

»Natürlich ist etwas in Sicht gewesen«, sagte er. »Nicht wahr, Maria? Du weißt es doch? Ich habe es lange Zeit nicht gewußt. Auch jetzt noch, manchmal, weiß ich es nicht oder vergesse es wieder. Das kommt daher, weil ich hier in diesem Zustand liege. Und auch andere Dinge – entschuldige bitte, Maria – waren einmal in Sicht gewesen. Dinge, von denen du nichts weißt. Ganz kleine Augenblicke. Und ganz große Augenblicke. Man weiß es nur leider immer erst zu spät. ›Wer noch Zeit hat, der weiß nichts‹, hat mal jemand gesagt, ich weiß nicht mehr, wer. Und diese Augenblicke, sie sind es, die zählen. Vielleicht ist es sogar ein Glück, daß man es nicht immer dann weiß, wenn es gerade geschieht?«

Er benötigte jetzt viel Zeit zum Nachdenken. Denn nun, da es zum Ende hin ging, konnte er die Dinge nicht mehr so leichtfertig nehmen. Jetzt nicht mehr. Und das wußte er auch.

»Das ist gut«, sagte er.

Er wußte nicht, ob seine Augen noch offen waren. Nein, sicherlich nicht. Die Augenlider waren wieder nach unten gefallen. Es war ja auch gleichgültig. Er sah andere Dinge als die, die möglicherweise draußen, außerhalb seines Ichs sein konnten. In einem freundlichen Licht sah er viele Bilder an sich vorüberziehen. Wie vorhin. Nur noch schöner.

Bis das Herz anfing, weh zu tun.

Die Bilder schwanden mählich dahin, und es blieb am Ende nur ein Schwarzes, Leeres vor den Augen. Er hatte keine Zeit, sich darüber zu verwundern. Sondern seine Gedanken richteten sich wie ein Scheinwerfer auf das Herz. Was ging mit seinem Herzen vor sich? Woher kam dieser wachsende Schmerz?

Er mußte schwer gegen den schwellenden Druck anatmen. Eine große Hand war aus dem Heiteren gekommen und hatte sein Herz zwischen die Finger genommen. Und nun schloß sich diese Hand langsam und unwiderstehlich um sein Herz. Die Vision einer fabrikhohen Stahlpresse blitzte durch sein Gehirn.

Er konnte keine Luft mehr bekommen. Der Druck nahm unbeirrbar und gewaltsam zu. Das Herz besaß keinen Raum mehr, es wußte nicht mehr, wohin es und wie es aus diesem immer schrecklicher Werdenden fortkommen und entfliehen könnte.

Immer enger wurde es. Eine Schraube wurde angezogen, Windung um Windung. Da war doch jemand, dem diese satanische Hand gehörte? Der Finstere etwa? Oder der Große, der Ganzgroße? Machte ihm das vielleicht Spaß, die Hand zu schließen, das Herz zu zerdrücken und es dabei zu beobachten? So, wie ein Kind eine Fliege quält, oder sonst irgendein kleines Tier? Ein Bein ausreißen, und was macht das Tier nun? Hoppla, nicht wegfliegen! Und da wollen wir sicherheitshalber erst einmal die Flügel ausreißen. Und was nun? Noch ein Bein ab, und noch eins und noch eins. So, nun hat die kleine Fliege keine Beine mehr, die Flügel sind sowieso raus, das Tier lebt immer noch, Donnerwetter, wie es brummt! Wie zäh so ein kleines Vieh ist, das hättest du nicht gedacht, was?

Die verfluchte Hand preßte und drückte und schloß sich weiter und weiter. Der Körper des Anderen begann sich zu bewegen. Auch die Teile, die bereits tot waren. Vermutlich waren die Nerven die Ursache für diese Bewegung.

»Vermutlich«, sagte der Andere verzweifelt und mühsam.

»Natürlich«, rief der Einarmige vom Meeresgrund herauf, weit entfernt. »Natürlich sind die Nerven die Ursache. Selbstverständlich, was dachtest du denn sonst?«

»Das ist das Gefühl«, flüsterte Maria. Er konnte sie kaum verstehen, so leise und undeutlich war sie. Er versuchte, sie zu erkennen, konnte sie jedoch nirgendwo finden. Sicherlich suchte er auch in der falschen Richtung? Sicherlich? Doch ihre Stimme war tröstlich in diesem wahnsinnigen Schmerz.

»Das sind die Reaktionen des realen Hierseins«, sagte Betsy, war keine hundert Jahre mehr alt und hatte wohl alles wieder vergessen. »Der Einarmige hat es dir doch eben gesagt. Der ist Arzt und weiß es. Du willst es nur noch nicht glauben, wie?«

Der Leib des Anderen zuckte wie ein ausgerissenes Spinnenbein. Die finstere Hand war nun nahezu geschlossen.

Als der letzte, äußerste Druck einsetzte und die Hand sich so zusammengeballt hatte, daß nichts mehr in ihr sein konnte, pfiff der Andere einen hohen, überkippenden Lokomotiventon.

Im Schrei hatte er die Augen aufgerissen und konnte wieder sehen. Er sah, daß er aufrecht im Schlauchboot saß. Alles, was in und an ihm noch lebte, saß aufrecht im Schlauchboot und lag nicht mehr bewegungslos nur eben so da.

Sein Kopf ruckte über den Horizont. Die große Hand hielt sein Herz immer noch fest. Sie gab ihn nicht frei, nicht ums Verrecken. Er sah alles wie durch ein umgekehrtes Opernglas: dumm und fern und falsch und, mein Gott, war das lustig, so sitzt oder liegt man doch nicht da, Haltung, was soll denn das, das stimmt doch alles gar nicht?

Seine Augen fuhren auf der Kimm entlang.

Der Andere konnte nur noch Farbflecke ausmachen. Der blaue Klex, oben, und der rote Kullerball in ihm, schaukelnd und schwankend. Der wiegende Strich des Horizontes und unten das ausgeschachtete Schwarz des Meeres. Ganz hoch oben schwamm noch etwas Weißes.

»Wo kommt denn hier etwas Weißes her?« fragte er sich und konnte nicht nachdenken vor Schmerz. Seine Augen klebten am Horizont und tasteten ihn ab, so, wie ein Blinder die Bordschwelle mit dem Stock abfühlt. Die Kimm jedoch war leer. Vor ihr, auf dem Wasser, war nichts, und über ihr glühte nur der Himmel.

»Rundblick frei!« sagte er laut und deutlich. Die Stimme dröhnte im Ohr.

»Das war auch nicht anders zu erwarten«, sagte er nun wieder ohne Stimme und konnte immer noch aufrecht sitzen bleiben. Er hatte wieder ein wenig Kraft, da die Hand um sein Herz plötzlich verschwunden war und nicht mehr preßte. Er wunderte sich nicht, so, als habe er den Schmerz bereits wieder vergessen. Er hatte ihn jedoch nicht vergessen. Sondern er suchte nur das Weiße.

Er richtete seine Augen nach oben, wo er vorhin das Weiße gesehen hatte. Er konnte es aber nicht mehr in den blauen Klexen auffinden.

»Man hat mir den Star operiert«, sagte er. »Also müßte ich doch eigentlich sehen können?«

Und dann wußte er, auch ohne es nochmals gesehen zu haben, daß es der Große gewesen war. Das Weiße.

Er schloß die Augen und saß immer noch aufrecht da. Er wartete, versuchte, geordnet zu denken, und war aufgeregt. Er wußte nicht, wieviel Zeit vergangen war, bis er das Weiße wieder sehen konnte; plötzlich und unvermutet war es wieder da, hoch oben in den geschlossenen Augen. Das Weiße war nicht mehr von dem vielen Blau umgeben. Es war wie in einem Kino: weiße Leinewand. Er saß in der ersten Reihe, er mußte den Kopf weit in den Nacken legen. Es flimmerte. Eine sonderbare Vorstellung, dachte er. Ich hätte mir einen besseren, bequemeren Platz nehmen sollen. Was hat der Große vor? überlegte er.

»Wie in einem richtigen Kintopp«, sagte er.

Die Vorstellung begann. Zuerst die Reklame. Sie lohnte nicht, sie war schwachsinnig wie immer. Dann die Wochenschau. Da fuhr ein D-Zug; er war so schnell, daß er bereits vor der Abfahrt wieder ankam. Bildwechsel. Wintersport, der Minister, ein Affe machte Kunststücke, die Zuschauer lachten. »Die Zuschauer lachen immer«, sagte er. Und was sollte das eigentlich?

»Nein«, sagte er.

Die Vorstellung hörte sofort auf. Der Andere freute sich. Das war doch nicht der Große gewesen, dieser Film? Wollte der Finstere ihm etwa Angst machen? Jetzt noch?

Der Andere konnte sich nicht mehr länger aufrecht

halten und fiel zurück in seine alte Lage. Er fühlte sich sehr erleichtert, als er wieder liegen konnte wie früher. Das Herz schmerzte nicht mehr. Eher im Gegenteil. Die Hand war fort. Im Gegenteil: sie war wieder da. Jedoch anders und nicht böse wie vorher. Er hörte das ruhige Klopfen seines Herzens. Er empfand keine Angst mehr vor dem Finsteren in den Ecken.

»Ecken?« sagte er. »Wo sind denn hier noch Ecken?« Er blickte um sich, und es gab natürlich keine Ecken.

Natürlich? dachte er. Seltsam, vorhin hatte ich noch Angst, und eben habe ich den Großen gesehen, und wer hat denn nun eigentlich den Film vorgeführt? Wer hat bluffen wollen, und warum?

Er konnte es nicht auseinanderhalten. Es war ja auch nicht so wichtig. Er fühlte nur, wie die Hand wieder da war und wie der Große das Herz so schön hielt. Eine wunderbare Ruhe hatte sich in ihm ausgebreitet, eine weite, sanfte Fläche. An jedem einzelnen Punkt spürte er diese Ruhe und die Schönheit. Er versuchte, nicht zu reden und nicht zu denken. Denn sonst würde es zerstört werden. Hier durfte er nur schweigen. Und das weiße Licht ansehen, sehen, wie sich der Große in einer flach gebogenen Bahn näherte und den Himmel überquerte. Wie das Leuchten zunahm, ohne zu blenden.

Der Andere blickte auf das Kommende und schloß dann die Augen. Er war so müde geworden, daß er die Augen nicht mehr aufhalten konnte. Es genügte ja auch, er wußte, daß es auf ihn zukam. Und wenn er jetzt ein wenig schliefe? Er würde wieder wach sein, wenn das Licht bei ihm ankäme.

Er konnte jedoch nicht schlafen. Die Stille war zu groß. Der eigene Lärm im Ohr hatte nun endlich aufgehört. Und alles andere ringsum war auch schweigsam geworden.

Es schwieg. Nur die Bilder zogen wie ein Traum vorbei, wie früher, doch anders; Bilder, vom Rauch der Jahre gedunkelt und vertieft. Der Andere lächelte im Wiedererkennen.

Im Wiedererkennen: die Hand des Vaters umschloß die Kinderfinger, da kommt der Mann, der das Geld auszahlt, der Polizist an der Straßenecke grüßt, und der Hauswirt schimpft und droht mit der Faust; abends, der Garten, die Windlichte brennen, und aus den Wiesen steiget –

Der Mund des Anderen bewegte sich und versuchte lautlos das Nachsprechen. Er spürte den Geschmack der Worte, und die Stille war unnahbar.

Schnell und fern schrieb der Lehrer unter den Aufsatz: warum zieht der Schüler nicht das Fazit aus der Geschichte?

Der Andere lächelte breiter, sah in das Kommende und sagte nichts. Er las in den ersten Büchern, Märchen und Abenteuer, das Gesicht der Mutter, fern und schön und streng gemalt. Ein dicker Mann überreicht das Zeugnis, und viele Nachtgespräche sind im zwanzigjährigen Herzen. Die Dämmerung, und die Lampe brennt, die Feder huscht über das Papier, er schrieb und schrieb, bis plötzlich alles abgeschnitten war, und die Sirenen heulten, die Kirchen quollen über von Gebeten um den Sieg, Herr, segne unsre Waffen. Die Gesichter der Sterbenden, »Mutter« sagten sie, Unterleibschuß und Splitter im Hirn, das letzte obszöne Wort im Tode, drei Salven, die Menschen mauern Denkmäler, und der Himmel war ganz weiß geworden. Die Männer spuckten aus, und die Frauen hatten Angst wie alle anderen auch, und es war furchtbar. Das U-Boot tauchte, war blind und horchte nur wie ein Tier in der Nacht: wer kommt? Und in den Kellern saßen sie, waren blind und horchten: was kommt jetzt? Und dann der Bombeneinschlag, alles ist in weißem Dunst, der weiße Nebel wunderbar, und

UND MARIA WAR WIEDER DA, UND SIE FRÜHSTÜCKTEN IM Garten, die Vögel sangen, mein Gott, sie sangen in den Bäumen, als habe das Paradies begonnen, und ein Jahr später war Maria tot. Er hatte es nicht glauben können, denn, wie kann es plötzlich einfach zu Ende sein, das ist doch gar nicht möglich, aber es war selbstverständlich möglich gewesen. Er hatte am Grabe gestanden, dreimal die Hand voll Erde, und der Pfarrer sagte etwas, und niemand hat es gehört. Und nun ist Maria wieder da?

»Maria ist wieder da«, sagte der Andere und sah das weiße Licht nahe vor sich.

»Wieder da«, sagte er. »Und ich?«

War er auch schon da, endlich da? Wo war denn eigentlich dieses »da«? Es war nicht wichtig. Er blickte nur in das herabstürzende Licht. Weiter nichts. Es war nichts mehr zu tun. Zum ersten Male im Leben war nun nichts mehr zu tun. Nicht einmal mehr der Große wollte etwas. Er ließ nur zu, daß er gesehen werden konnte.

Der Andere lag in der Ecke des Schlauchbootes und sah und wartete. Warte ich wirklich noch? Er dachte lange nach.

Als er es wußte und gesehen hatte, sagte er »Ja«.

»Ich bin sehr müde«, sagte er, nun nicht mehr in das Licht hinein.

»Dann schlaf auch schön«, sagte Maria. »Du kannst ja morgen ausschlafen, solange du willst.«

»Ja«, sagte der Andere.

Er schlief sofort ein. Als letztes spürte er noch, wie müde er geworden war.

Die Sonne stand niedrig am Horizont. Die Unterkante ihrer Scheibe würde wohl bald das Wasser berühren. Das Schlauchboot trieb genau in der roten Feuerbahn, die das Sonnenlicht auf die See warf.

Im Osten erschienen wieder die abendlichen Cumuli. Die Sterne waren aber noch nicht heraufgekommen.

Der Andere lag in der Ecke des Schlauchbootes. Seine rechte Hand hing außenbords im Wasser, so, als wolle er sie in das Laue tun, daß sie nicht mehr friere. Die halbgerauchte Zigarette hing immer noch festgeklebt im Mundwinkel, verkohlt und erloschen.

Das Schlauchboot trieb unmerklich der Nacht entgegen und entfernte sich immer weiter. Die Fische der Oberfläche sprangen in dem späten Licht, und der Himmel stürzte sich in die Farben des Sonnenuntergangs. Drei Delphine jagten genau auf das Schlauchboot zu. Ihr Kielwasser leuchtete phosphoreszierend. Kurz vor dem Treibenden winkelten sie ab, wälzten sich atmend und sahen erstaunt auf das Dunkle, das dort an der Oberfläche in ihrem Wege schwamm.

Dann war es wieder totenstill.

Die Sterne erschienen mit jäher Plötzlichkeit wie hergezaubert. Kleine Sternschnuppen blitzten auf und verloschen wieder, so schnell sie irgend konnten.

UM 20 UHR 16 MINUTEN UND 47 SEKUNDEN ORTSZEIT ERschien auf 8 Grad 36 Minuten nördlicher Breite und 27 Grad 02 Minuten westlicher Länge ein Komet mittlerer Größe. Sein Erscheinen war von den Astronomen exakt vorausberechnet worden.

Auf Grund der augenblicklichen Verhältnisse und der allgemeinen Kriegslage konnte der Komet jedoch nicht auf der günstigsten Beobachtungsposition im Mittelatlantik betrachtet, beziehungsweise gemessen und untersucht werden, obwohl er immerhin längere Zeit sichtbar blieb. Der Wissenschaft entgingen somit mögliche wertvolle Ergebnisse in bezug auf spezielle Fragen, Kometen betreffend.

So verlosch der Komet wieder, ohne daß ihn jemand (vermutlich auch außerhalb der astronomischen Fachwelt) in seiner ganzen Schönheit gesehen hatte.

Die Nacht war inzwischen tiefblau geworden. Der Mond ging nun ebenfalls auf, seine Sichel hatte sich ein Weniges verbreitert. Die See lag unverändert und unbewegt. Die Kimm war seltsamerweise auch im Osten hell geworden und deutlich auszumachen. Der Horizont war ringsum klar und frei. Die Sonne ging am nächsten Morgen auf, wie sie es seit jeher zu tun gewohnt war, und brannte auf die reglose See mit aller Kraft, die sie besaß. Während des Tages lag leiser Dunst über dem Horizont.

Als die Sonne am Abend, wie sie es seit jeher zu tun gewohnt war, wieder im Meer versank, verschwand auch das Schlauchboot über der Kimm, und der Atlantik war, als wäre nie etwas gewesen. Dann gingen die Sterne wieder auf, plötzlich und zauberhaft.

Ursula März
Nachwort

Texte verändern sich nicht. Das Geschriebene bleibt das Geschriebene. Aber die Bilder und Assoziationen, die den Leser begleiten, ändern sich mit dem Wandel der Zeit und seinem Kontext.

Wer den Roman *Nichts in Sicht* von Jens Rehn bei seiner Erstveröffentlichung 1954 las, fühlte sich womöglich an eine Novelle erinnert, die nur zwei Jahre zuvor erschienen war, an Ernest Hemingways *Der alte Mann und das Meer*. Das gleiche karge Szenario: Ein Boot auf dem weiten Gewässer des Ozeans. Die gleiche narrative Grundsituation: Ein einsamer Überlebenskampf im Meer. Nur die Anzahl des Personals ist eine andere. Hemingways Fischer ist mit sich allein. In dem Schlauchboot, das bei Rehn auf dem Atlantik treibt, befinden sich, zumindest zu Beginn der Erzählung, zwei Männer.

Diese Konstellation könnten Leser wiederum mit einem Theaterstück in Verbindung gebracht haben, das ebenfalls 1952 publiziert wurde und seinem Verfasser zu Weltruhm verhalf: *Warten auf Godot* von Samuel Beckett, Inbegriff einer existentialistischen Parabel. Zwei Landstreicher stehen an einer Straße herum, verbringen ihre Zeit damit, »nichts zu tun« und warten auf einen gewissen Godot, von dem sich ahnen lässt, dass er nie erscheinen wird, ja, dass es ihn gar nicht gibt. Aus der Schwärze eben dieses Pessimismus ergibt sich die Grundtönung des Gottesdiskurses, auf den die Gedankenlinien von Rehns Roman zulaufen.

Man darf davon ausgehen, dass Jens Rehn die erste Inszenierung von *Warten auf Godot* im deutschsprachigen Raum sah, denn sie fand am 8. September 1953 im Berliner Schlosspark Theater statt. Rehn lebte in Berlin, arbeitete seit 1950 beim Rundfunksender RIAS, dessen Literaturredaktion er ab 1958 leitete, und war alles andere als ein Elfenbeinturmbewohner. Er stand in regem Kontakt mit Schriftstellern und Künstlern, im geräumigen Salon seiner Wohnung im bürgerlichen Stadtteil Charlottenburg wurden nicht nur ausgelassene Partys gefeiert. Hier traf sich in den fünfziger Jahren auch ein Kreis junger Autoren, darunter Ingeborg Drewitz und Johannes Hendrich, um gemeinsam an ihren Texten zu arbeiten. Sie nannten sich die *Gruppe der Zwölf* und betrieben kein Wettbewerbslesen vor illustrer Kritiker- und Kollegenrunde wie die *Gruppe 47*. Sie verstanden sich als Werkstattkreis mit der Verpflichtung auf ein versachlichtes, von Schwulst, Sentimentalität, falschem Pathos und »Faxen« gereinigtes Schreiben.

Die Berliner Aufführung von *Warten auf Godot* dürfte Jens Rehn schon aus intellektuellem Interesse so wenig entgangen sein wie die geistige Verwandtschaft mit dem Prosamanuskript, das er im September 1953 vielleicht schon fertig geschrieben hatte, vielleicht noch bearbeitete. Auch *Nichts in Sicht* ist im Kern eine Parabel über die metaphysische Verlorenheit des Menschen und sein vergebliches Warten auf eine Antwort des »Großen«, wie er im Roman genannt wird. »Und Der-da-oben antwortete nicht«. Dieser fatalistische Satz findet sich gegen Ende des ersten der fünf Kapitel. Einer der beiden Männer stirbt, der andere bleibt einsam zurück.

Das Bild des einzelnen Menschen inmitten der Unendlichkeit des Meeres ist symptomatisch für die Motivik der modernen Schiffbruchliteratur, in deren Tradition *Nichts in Sicht* steht. Mit diesem Bild illustrierte der Philosoph Hans Blumenberg in seiner Untersuchung *Schiffbruch mit Zuschauer* aus dem Jahr 1979 jene ontologische Standortbestimmung des neuzeitlichen Menschen, die er als »nachkopernikanische Unerheblichkeit« bezeichnet. Sie ist das Thema des Romans von Jens Rehn.

Dass sich der Plot auf Geschehnisse des Zweiten Weltkriegs bezieht, wird schon auf den ersten Seiten benannt. Er spielt im Jahr 1943. Das Schlauchboot treibt auf dem Mittelatlantik, die beiden Männer sind offensichtlich Überlebende einer Kampfhandlung: Der Matrose eines havarierten deutschen U-Bootes, durchgehend »der Andere« genannt, und der verletzte Pilot eines abgestürzten amerikanischen Militärflugzeugs. Er heißt »der Einarmige«. Aus zwei Männern, die gerade noch Feinde waren, sind

Schicksalsgefährten geworden. Ihr Proviant besteht aus einer Flasche Whiskey, ein paar Dutzend Zigaretten, ein paar Stücken *Scho-Ka-Kola*. Trinkwasser, das sie am dringendsten bräuchten, haben sie nicht.

Die Erzählung geht aber auch auf eine konkrete biografische Erfahrung des Autors zurück. Jens Rehn (dessen bürgerlicher Name Otto Jens Luther lautet) wurde 1918 in Flensburg als Sohn des Kammervirtuosen Paul Luther geboren und wuchs in Berlin auf. Nach dem Gymnasium besuchte er zunächst das Konservatorium, verabschiedete sich aber nach kurzer Zeit von der musikalischen Laufbahn und schlug stattdessen eine militärische ein. Als Neunzehnjähriger ging er im Jahr 1937 zur Marine und erreichte den Offiziersrang. Im Zweiten Weltkrieg war Rehn Kommandeur des U-Boots U-135, das am 15. Juli 1943 unter feindlichen Beschuss geriet und zerstört wurde. Jens Rehn erlebte, was in seinem Roman der deutsche U-Boot-Matrose erlebt: Er trieb im Meer, wurde im Unterschied zu seinem Protagonisten jedoch aus dem Wasser gefischt und gerettet. Für vier Jahre kam Jens Rehn in Kriegsgefangenschaft, die er in Afrika, England und Kanada verbrachte.

Zweifellos fällt *Nichts in Sicht* auch ins Genre der Antikriegsliteratur. Mit welcher Radikalität Jens Rehn die gängigen Muster dieses Genres jedoch unterläuft, lässt sich am besten durch den Vergleich mit der Belletristik eines deutschen Schriftstellers begreifen, der ebenfalls der deutschen Marine und der Besatzung eines U-Bootes angehörte, Lothar-Günter Buchheim. Bei allem Kriegsgrauen, das Buchheim in zahlreichen Büchern darstellt, sind seine U-Boot-Geschichten nie frei von einer gewissen Erinnerungsseligkeit und einer subtilen Verklärung soldatischer Männergemeinschaften. Er lässt den Leser teilhaben am erregenden Abenteuer der Schlacht und etabliert den Krieg somit als literarisches Sujet von hohem Sensationswert und Episodenreichtum.

Nichts davon findet sich in Rehns Roman; kein Kriegsgerät, keine Kriegsschilderung, kein soldatischer Heros. Die beiden Männer im Schlauchboot teilen nicht nur Whiskey und Zigaretten. Sie teilen vor allem eine vollständige Desillusioniertheit. Nicht zufällig drehen sich ihre Gespräche an keiner Stelle um ihre militärischen Karrieren oder ihre Kriegserlebnisse. Der »Andere« und der »Einarmige« sprechen über die schwindende Chance, doch noch von einem amerikanischen Aufklärungsflugzeug oder einem Begleitschiff der deutschen U-Boot-Flotte entdeckt zu werden, und sie sprechen über die Frauen, die sie kannten und liebten. In dieser Negierung jedweder Kriegsanekdote liegt zugleich eine Botschaft: Das Einzige, was sich vom Krieg zu erzählen lohnt, ist das Sterben des einzelnen Menschen. Kompromissloser lässt sich die Sinnlosigkeit des Krieges kaum vermitteln.

Eine bedrohliche, ja schockierende Stille liegt schon im ersten Romanabsatz über der Szenerie. »Die Dünung war vollständig eingeschlafen. Die Sonne brannte auf die reglose See. Über dem Horizont lag leichter Dunst. Das

Schlauchboot trieb nur unmerklich.« In der Welt, die Rehn mit ein paar nüchternen, unterschwellig zugleich elegischen Sätzen entwirft, gibt es außer dem Boot und seinen Insassen keinerlei Zivilisation, nur zwei Naturelemente, Sonne und Wasser.

Mit der Erschaffung dieser Elemente beginnt Gott im christlichen Schöpfungsmythos sein Werk. Sie sind der Anfang von allem. Hier, in diesem Romanauftakt, wirken sie wie das Ende von allem. In atemberaubender Weise verkehrt Jens Rehn das Bild der Schöpfung ins Bild der Apokalypse. Sonne und Wasser künden nicht vom Entstehen des Lebens, sie künden im Gegenteil vom Ende jeglichen Lebens. »Es war nichts in Sicht«, schließt der erste Romanabsatz. Es ist nichts in Sicht, so muss man ihn interpretieren, weil es nichts mehr gibt.

Alles, was Rehns Roman schildert, ist in historischer Hinsicht vollkommen glaubwürdig. Er erzählt eine Geschichte aus dem Zweiten Weltkrieg, wie sie von den Angehörigen und Nachkommen gefallener Soldaten bis heute erzählt wird. Die Meisterschaft dieses schmalen Buches aber liegt in der Ausweitung einer historischen Begebenheit zur Universalmetapher der Todesverlassenheit. *Nichts in Sicht* gehört somit in die Reihe literarischer Werke, die den Charakter der Zeitlosigkeit besitzen. Werke, die ein Sinnbild der Grundsituation menschlichen Daseins darstellen, wie Homers *Odyssee* oder Franz Kafkas Parabeln. Wer sie liest, empfindet sie als unvermindert gültig. Was sich ändert, ist lediglich der Assoziationsraum ihrer Lektüre.

Wer heute, im Jahr 2018, *Nichts in Sicht* in die Hand nimmt, hat es mit einer Erzählung von besonderer und beklemmender Aktualität zu tun. Schwerlich lässt sich beim Lesen den medialen Bildern ausweichen, die das Elend im Mittelmeer treibender afrikanischer Flüchtlinge vor Augen führen.

Es ist nicht ganz leicht zu begreifen, was einer nachhaltigeren Rezeption des Romans bis heute im Wege steht. Er wurde vielfach übersetzt, er galt bei seinem Erscheinen 1954 als Überraschungserfolg eines literarischen Newcomers. Aber gemessen an seiner Bedeutung ist sein Ruhm zu blass. An namhaften Förderern aus dem deutschen Literaturbetrieb hat es nicht gefehlt, es waren sogar die namhaftesten, die sich für *Nichts in Sicht* unermüdlich einsetzten. In einem Nachruf zum Tod Jens Rehns im Januar 1983 schrieb der Kritiker Marcel Reich-Ranicki in der FAZ geradezu beschwörend: »Dies jedenfalls muss mit Nachdruck gesagt werden: Das Buch *Nichts in Sicht* sollten wir, dürfen wir nicht vergessen. Es ist beides in einem – ein zeitgeschichtliches und ein künstlerisches Dokument.«

Einer der ersten Rezensenten war kein geringerer als Gottfried Benn. Die Kälte und eine gewisse Schnoddrigkeit des Stils, die mitunter sarkastisch gefärbte Sachlichkeit, die Einführung wissenschaftlicher und lexikalischer Erläuterungen musste der Dichter wie ein Echo seiner eigenen ästhetischen Maximen empfinden. In einem Text vom 9. September 1955, dessen Nachdruck sich in seinen von Dieter Wellershoff herausgegeben *Gesammelten Schrif-*

ten findet, lobte Benn das Prosadebüt des jungen Kollegen als »rebellisch, zynisch, genialisch – ein erster Wurf« und hob den Kontrast zur restaurativen Wohlstandsmentalität der Adenauer-Ära hervor: »Schon das ›Nichts‹ im Titel ist Sabotage, wir wollen wieder in Stimmung kommen, keine Extreme, keine Einzelfälle, in Namen des Abendlandes.« Zu den Bewunderern des Romans zählen auch Martin Walser, der 1955 in der Zeitschrift *Texte und Zeichen* eine Rezension publizierte, und Siegfried Lenz. Er verfasste das Nachwort für eine Neuausgabe des Romans im Luchterhand Verlag 1977.

Seit der Erstpublikation 1954 wurde *Nichts in Sicht* in drei weiteren Ausgaben dem deutschen Buchmarkt übergeben, 1993 brachte der Europa Verlag den Roman heraus, 2003 der Verlag Schöffling & Co., der mit dem vorliegenden Band noch einmal eine Anstrengung unternimmt, die Leserschaft mit diesem Solitär vertraut zu machen. Genau das ist *Nichts in Sicht*, ein Werk, das in keine Schublade so recht hineinpasst; für die sogenannte Kahlschlagliteratur zu universell, für eine Kurzgeschichte amerikanischer Prägung zu philosophisch, für Gedankenprosa wiederum zu narrativ. Ein weiterer Grund, weshalb sich der Roman im Bewusstsein der literarischen Öffentlichkeit nicht tiefer verankerte, darf nicht verschwiegen werden: Keines der Bücher, die Jens Rehn späterhin verfasste, erreicht den Rang und die literarische Konsistenz seines Erstlings. *Nichts in Sicht* ist, was man in der Popmusik als one-hit-wonder bezeichnet.

Die enorme Anerkennung, die Rehns Erstling durch eine Koryphäe wie Gottfried Benn und andere Kritiker zuteil wurde, könnte den Autor dazu verführt haben, die Grundkonstellation seines Debüts in weiteren Romanen aufzugreifen, was sie auf etwas unglückliche Weise wie Kopien des Originals erscheinen lässt. In *Feuer im Schnee* aus dem Jahr 1956 reitet ein alter Mann in nächtlicher Schneelandschaft nach Osten, der elementaren Natur ausgeliefert wie die zwei Männer im Schlauchboot. Unterwegs trifft er auf tote Gestalten am Wegrand, deren Schicksale Rehn in den Romanmonolog interpoliert. In dem 1959 erschienenen Roman *Kinder des Saturn* wendete Rehn die apokalyptische Grenzsituation von *Nichts in Sicht* auf das Genre der Science-Fiction an: Drei Personen, ein junges Ehepaar und ein Arzt, haben als einzige den Abwurf einer nuklearen Bombe überlebt.

Fast zwei Jahrzehnte später kehrte Jens Rehn noch einmal zur Szenerie seines Debütwerks zurück. Nach einer Reihe humoristischer Erzählungen und kulturkritischer Essays verfasste er 1978 das Tagebuch einer gescheiterten Polarexpedition. In dem Roman *Die weiße Sphinx* notiert der Kapitän des Expeditionsschiffes *Delphina* den unaufhaltsamen Weg der Mannschaft in den Tod. Wirklich misslungen ist keines dieser Bücher, aber auch keines so zwingend wie *Nichts in Sicht*.

Jens Rehn war kein Autor, dem die literarischen Stoffe von allen Seiten zuflogen. Er war ein Schriftsteller, den eine existenzielle Erfahrung durchdrang. Daraus schuf er auf Anhieb einen singulären Roman. Es war das Buch seines Lebens. Kein späteres konnte es mit ihm aufnehmen. Für Rehns schriftstellerische Laufbahn mag diese Frühvollendung eine ungünstige Vorraussetzung gewesen sein. Er hat es wohl selbst bemerkt. Mit einem etwas verbitterten Unterton äußerte er einmal, als Verfasser ausschließlich kurzer Romane – tatsächlich beschränkt sich jedes seiner Bücher auf einen Umfang von unter 200 Seiten – entspreche er eben nicht den Gesetzen des Buchmarktes, der nach immer dickeren Romanschinken giere. Davon können auch heutige Schriftsteller ein Lied singen.

Die Geschichte dieses schmalen Romans lässt sich in drei Sätzen nacherzählen: U-Boot-Matrose und Flugzeugpilot treiben im Schlauchboot. Der Pilot stirbt als erster. Der U-Boot-Offizier beginnt zu halluzinieren und stirbt schließlich auch. Aber je tiefer man in den Text eindringt, desto komplexer und vielschichtiger stellt er sich dar. Schon die Frage, wer eigentlich der Erzähler der Geschichte ist, lässt sich nicht ohne weiteres beantworten. Wer könnte das Schicksal der sich selbst überlassenen Bootsinsassen bezeugen? Sie haben keinerlei Kontakt zur Außenwelt. Sie hinterlassen keinerlei Aufzeichnungen. Niemand nimmt von ihrem Sterben Notiz.

Und doch gibt es logischerweise eine Erzählinstanz. Etwa der Allmächtige selbst? Wer sonst, wenn nicht er kommt als Zeuge in Frage? Wer sonst könnte es sein, der an einigen Textstellen aus der Himmelsperspektive auf die Nussschale im Mittelatlantik herunterschaut? Und wem gegenüber fühlt sich »der Andere« verpflichtet, Rechenschaft abzulegen, als er seinen Todesmoment kommen sieht? An wen richtet er seine Zornestiraden?

An einer entscheidenden Stelle bringt der Roman den Nihilismus, den er zuvor Kapitel für Kapitel aufgebaut hat, zum Einsturz. Schon halluzinierend äußert der »Andere«: »Natürlich ist etwas in Sicht gewesen ... Nicht wahr, Maria? Du weißt es doch?« Dieser Satz greift den Romantitel beinahe wörtlich auf. Aber er bestätigt ihn nicht, er variiert ihn zum Widerspruch. Der sterbende U-Boot-Matrose scheint sich gegen die philosophische Lektion, die der Roman ihm aufbürdet, zu wehren. Gegen die »nachkopernikanische Unerheblichkeit des Menschen« führt er die Erfahrung der Liebe ins Feld.

Der Name seiner Geliebten, die bei einem Unfall ums Leben kam, ist wohl nicht ganz zufällig der Name der Mutter von Jesus. Sie heißt Maria. Signifikant sind auch die zwei Glücksszenen mit Maria, die das Gedächtnis des dahin siechenden U-Boot-Matrosen bereit hält. Ein gemeinsamer Besuch des Weihnachtsgottesdienstes mit dem »himmlischen Gesang der Knabenchöre«. Und die Idylle eines morgendlichen Gartenfrühstücks nach einem Bad im Freien. Zwei zentrale Topoi christlicher Glaubenslehre tauchen hier auf: Das Paradies und das Fest der Geburt des Gottessohns. Dennoch wäre es ein Missverständnis, die Einführung dieser Topoi als religiöse Spätbekehrung eines Soldaten zu verstehen. Mit derlei Kitsch hat der Roman von Jens Rehn nicht das Geringste zu tun.

Seine Sprengkraft liegt vielmehr in der Dialektik seines Gottesdiskurses. Wo das Nichts in Sicht kommt, meldet sich unwillkürlich die Sehnsucht nach dem Etwas. Im Wissen um die Nichtexistenz Gottes keimt die Hoffnung auf seine Existenz. Im Zorn auf sein regloses Desinteresse drückt sich die Bitte um seine Anteilnahme aus.

»Maria ist tot. Na schön. Finis amatae«, äußert der »Einarmige« in einer wegwerfenden Bemerkung. Der »Andere« widerspricht ihm: »Man kann sterben, ohne tot zu sein.« Der Konflikt, der in diesem Dialog zum Ausdruck kommt, ist heute mindestens so brisant und bedeutsam wie im Jahr 1954.